一个人的诗经

宁延达 著

南方出版社 · 海口

重寻汉语的"心"与"魂"

——关于宁延达的《一个人的诗经》

王士强

与具有悠久历史的古典诗歌相比，新诗只是一个新生事物，百年的历程在历史长河中不过白驹过隙，忽然而已。中国新诗的百年与20世纪以来中国社会方方面面重要而深刻的转型是同步前进、同频共振的，已然取得堪称辉煌、彪炳史册的成就，为中国文化的现代化做出了不可替代的贡献。在此过程中，新诗精微、灵敏地捕捉、反映社会的变化和人的变化，构成了社会变革、人伦情感、世道人心的"晴雨表"，甚至"急先锋"，或直接或潜隐地与社会、公众形成同构、呼应、启迪、领引等关系，称得上风雨同舟、荣辱与共。百年来，中国新诗的确已建立起其自身的规定性、范式抑或"传统"，在诗歌美学上已经形成了与古典诗歌判然有别，甚至分庭抗礼、相颉颃的局面，虽然新诗仍在成长之中，或许还不无青涩，但其前景无疑是广阔的、值得期待的。当然，身处"千年未有之大变局"，中国文化面临着严重的挑战，新诗也不例外。具体而言，新诗是以与古典诗歌之间的"断裂"而建立自身的，但这种"断裂"是否具有充分的"合法性"、是否可行甚至可能，这本身其实就是值得质疑的。如果割裂了与古典文化传统、古典诗歌精神、古典诗歌美学的关联，中国新诗将立足何处？成何体统？新诗与古诗之间的关系绝非表面看起来的那般势不两立、水火不容。另一方面，中国新诗从一开始就学习、吸收、借鉴了外来文化，受西方诗歌的影响，它短期"借用"没有问题，但长此以往必然水土不服，深层的异质性与文化冲突是不可避免的，新诗的文化立场、文化处境不能不是犹疑、变动的。总体而言，百年中国新诗处在现代化的进程之中，一方面，它不属于"传统"，它在努力求"新"，实现现代化转变，另一方面，它又不属于"西方"，它的文化背景与现实处境和它所师法的西方大为不同，它要寻求中国特质，建立中国性、当代性。于此，中国新诗是颇有些左右为难、进退失据的，它在一定程度上是失"魂"落"魄"的，丢失了自身的根性与方向，"四顾茫然"，迫切需要重新确立自己的方位和坐标，以安顿心神、重寻魂魄，重新出发。在新诗百年的关头，这样的问题尤为凸显，诗人们也在用各自不同的文化路径和诗学选择的创作进行着自己的探索与回答。

诗人宁延达近年创作的《一个人的诗经》正是其中颇为亮眼、引人注目的探索之一。《一个人的诗经》自然包含了向《诗经》，以及向中国古典的"文心""诗心"致敬的含义。《诗经》的重要性自不待言，它已经构成国人文化记忆、思想启蒙和审美养成至为重要的部分之一，而不可否认，在很大程度上《诗经》是与过去时代的生活方式、认知方式、审美方式相联系的，而这些在当今已经发生了变化，我们的时代已经不是产生《诗经》的时代，两者之间已产生了某种间离、变异与隔膜，一些东西没变，而另外一些东西的确已经变了。就像新的诗人更多地写作新诗一样，新时代的"诗经"也需要与时俱进、反映时代的新变和人心的新变，或者说，需要诗人写出"一个人的诗经"。就此而言，宁延达的《一个人的诗经》可谓"所谋乃大"，立意甚高，格局很大。

宁延达的诗歌所表达的是一个现代人的当下处境，或者说，是一颗现代之心的迷惘、痛苦、失落与重寻。在变化的时代，内心之经历矛盾、冲突、离乱在所难免，重要的是如何重新找到自身的位置和栖居之所。《执竟》中写了一个"内心煎熬的人"："一个内心煎熬的人难以忍受耀目的阳光／在危险摇晃的内心／悄悄焚毁无限生长的荒草／一扇厚厚的窗帘被拉上／阴影蹿出来的时候／我竟然惊呼着伸出拥抱黑暗的双手／在黑暗中／我给自己一点点地渗透光亮"，内心的煎熬、焦灼、不安于当代情境是具有普遍性的，而在"黑暗"与"光亮"中的坚持与探寻无疑有着动人的力量。《无将大车》中则写到了"充满对命运的绝望"的人："暴雨中椿树和海棠猛烈地摇晃／想晃掉叶上的水珠／树下不知是否有避雨的人／瑟缩着身子　充满对命运的绝望／树木是出于幸灾乐祸还是／火上浇油之心／我想撑把伞／出去帮帮那个如我之人"，作者继而剖析自己内心的矛盾："但我终于　还是否定了自己的臆测／而未有行动　如果有人他早就该飞奔而去了吧／从那以后　我找过无数类似的理由为自己开脱"，这里面传达了一种复杂、纠结的心路历程，其中的"我"具有内在性和戏剧性，所表达的个体处境引人深思。诗人在《振鹭》中有如此的"自白"："我在地狱与天堂的门之间／两扇门都不为我而开／我在月亮和太阳之间／同时托举着光明和阴暗／我的心呐／你在哪／哪里是你的终极之地"，对"终极之地"的寻找，其实也正是对于"心"的寻找。

在频繁而剧烈的社会变革与文化冲突中，现代人的"失魂落魄"在所难免，如何找回、重建属于自己的"魂"与"魄"成为时代的噬心性命题。《常武》中写："世界太拥挤了／房子建在坟地／空中有鸟魂　地底有冥府／地面是危险的／地上的魂魄不是无法投胎便是入地无门的／怨鬼　冤魂　孤野　魔心／几千年来　它们已经多到数不胜数／而活着的人只能在它们中挤来挤去"，现实中的情形更艰难、不容乐观："只有马路是通畅的　可是／即便无处容身　也不能在那里逗留／飞驰的汽车　会将你再次撞死／无论人鬼　一并辗压"，这样的处境是现代人不得不面临的起点，惟有从此出发，方有改变的可能。宁延达直面灵魂的处境，写下了自己的进退失据，写下自己的孤独甚至孤绝："我成了一个孤独的游魂／到处哭喊着／回家／回家"（《采菽》）、"刚刚从历史中捞回自己／又在悲叹中埋葬此生"（《棫朴》）、"而终成虚妄的　正是那些试图留下几行文字／几多记忆的人　如我　灵魂离去了／也将留不下我的肉体"（《鸧羽》）……写下自己的"弱"，本身便具有对之的警醒、反抗与超越，是勇敢的，也是有力量的。

宁延达是作为一个独立、有个性的现代个体来面对传统、面对厚重的文化层累的，所以他在《烈祖》中有如此的"夫子自道"（这里面的言说主体并不完全等同于现实中的诗人本人，但无疑还是有着较高的重合度的）："你们说的天堂或者地狱我全都不去／你们说的孤魂野鬼我也不当／你们说的魂消魄散不入轮回我根本不在乎／只要是你们说的我都不会照办／只要是你们规划的路／我定然不走"，在列举一系列的"不"之后，他从正面道出自己的选择："也许你会问我我想咋干／看　这才是／真正的问题　我就自己干出一条通往自己的通道／我不引导　哄骗任何人／也不强拉任何人陪伴"，这样一种矫矫不群、拒绝"瞒与骗"的态度，表现出了真正的现代态度与立场，与"独立之精神，自由之思想"的现代知识者品格也是深相符契的。这样的态度与立场显然是建立在高度的自省、自觉、自我反思之上的，如《东方未明》一诗中所写："我有过 跨越贫穷后的豁达／而如今 我一天天地握紧了豁达的假象／我有过 冲破虚妄得到掌声的时刻／而事实 我误会了掌声的真诚／我把遥远当成了遥远／我把瞬间当成了永恒／而这一切 是多么不可救药"，到最后"我敲碎镜子 才看清我的梦境／我除掉记忆 才发现真正的自己"。"敲碎镜子"才能够直面自我，而"除掉记忆"才能够直面当下，在此基础上，凸显的是一个理性、独立、自主而自觉的现代个体。

中国古典诗歌具有明显的情感性、抒情性，这一点上宁延达是传承了其神髓的，他的许多诗同样有明显的抒情特性和古典意味。《匏有苦叶》写："在满是冰雪的山坡艰难地爬行 不知不觉间迷了路／雪停歇之前看来是找不到家了／空气异常纯净 雪异常白／忽然想起童年／攥个雪团 轻咬一口／暖暖的风和雪中的腊梅／在记忆中摇晃／一种通透贯穿身体／上苍就用这样的方式悄悄地给予我奖励"，颇为温情、温暖，传达着现实的以及文化的"乡愁"。《庑丘》一诗从社会、历史的具体性出发，却达到了超越性、神性的境界："大运河修到北京／古代的工匠／就会雕几只镇水兽置于岸边／道路抵达不了的地方 总有一座神庙矗立／灾难来临 我也是俯下身子祈祷的人／此时 有位美丽的姑娘走近我／我将把钻戒／箍在她的手上"，这里面体现着对于时间、对于人的深切关怀。《十亩之间》一诗则是悲愤的、峻急的现代之问："什么样的巨人由水泥 钢筋搭建而成／什么样的爬虫由金属 塑料 汽油齿轮组装运动／什么样的跳蚤赖于手机 电脑沟通信息／什么样的神灵遗失了冒烟的香炉／什么样的羊群吃下自己种植的毒药／什么样的骡马兴奋地等待临刑的铡刀／什么样的狼群羡慕猫狗的生活／什么样的孩子被当成温室的花朵 / 什么样的死亡可以隐瞒无法声张"，这样的书写是直面当下的，当然同时也是对"诗言志"、对中国诗歌现实主义传统的继承与发扬，在更深层面上体现着对"诗歌之心"的寻找。

作为现代个体，自然难免存在内在的矛盾、冲突和分歧，宁延达同样直面这种紧张感与复杂性。《野有蔓草》中写："夜空把星斗牢牢地按在它的棋盘 / 大海把鱼虾牢牢地 / 封进它的魔法 / 黎明和黑夜猛烈地撕扯 / 相爱者的细嗓子发出咒语 / 野狼看向羊群 母蜘蛛吞下公蜘蛛"，《裳裳者华》中则写："掰掉牙齿的人 / 也是囚禁毒蛇的人 / 而囚禁自己的人 / 和吞下自己的毒牙 / 毒发身亡的人 / 才是我敬服的人"，显然，宁延达正是在这种极富张力的情境中展开自己的精神求索的，它是痛苦的、挣扎的，也是真实的、有效的。《茉莒》中有着关于宇宙、存在、生命的终极性追问与思考："如果说星星是悬浮着的 / 那它悬浮在什么上面 / 如果这样来描述我 / 悬浮的心 / 悬浮的大脑 / 悬浮的未来 / 亦可 你坐在我的身体上 / 坐着色 / 也坐着空 / 太阳的光穿过我不能看透的一切 / 它有锐利的眼睛 / 却跟我一样 沉默着这个宇宙最多的奥义"，诗中的"悬浮""色""空""沉默"等的表述均富有深意、发人深省，在终极性的维度上进行着诗意的探寻。

《一个人的诗经》是对《诗经》的重写、复写，两者之间有同有异，既有同中之异，也有异中之同，两相对读相映成趣。作为新诗人、现代诗人，宁延达既向古典和传统致敬，同时又立足于当代、面向当代，写出了与古典诗歌面目迥异的汉语新诗、汉语现代诗。《一个人的诗经》一般来说应该读做"新 / 诗经"，但同时，它亦可读成"新诗 / 经"，意即新诗之经典。谦谦君子宁延达自然不会狂妄自大到要为新诗树立标杆和规范，但作为写作者一定也是需要"野心"的，需要有努力写出新诗之经典的念想，无论是否"能至"，先需"心向往之"。在这个意义上，"新／诗经"是重要的，而"新诗／经"是更为重要的，现在当然并不是讨论结果和收获的时候，一切或许只是刚刚开始，宁延达和他的同道们已经出发，他们已在路上！

目　录
Contents

国风·周南

人们总是从善意的眼光来看

有些事　宁可用生命证明

也不相信愿望终成虚幻

关雎

夜晚　有一千年凉凉的寂寞

黎明时

燃一朵火花

它上演了一场真实的事物并不存在的

闹剧

演给地面颤抖的嘴唇

人们总是从善意的眼光来看

有些事　宁可用生命证明

也不相信愿望终成虚幻

应知爱你

一个理由足够

但是惧怕　惧怕

那些祈祷带电　要借流光之力

誓言一旦刻下　就会上升

流星一旦划过　就要有光

3

葛覃

谁能够比秋天真实
就算不承认
你也是荒草萋萋的人

爱情是睡梦里的事
坍塌是岁月里的事
谁能够比花园真实

用不着颓丧　你也曾万紫千红
开不开放是自己的事
看不看我是你的事

延达曰
今天是山
明天是沧海

今天是美丽的老虎
明天就会堕落成
贪恋繁华的人类

卷耳

山脚聚集了好多乌鸦

阳光将手的投影戳在它们的身上

像敲击事实而非的键盘

留下的诗句是什么

如果它们不飞走

或飞走

挽留地上散乱的草籽　或腐肉

我述说着朴素的语言

躲开华丽　躲开火机上冲出的激烈的火苗

让飞翔的事物或归顺于安静

或归顺于

童年嘟噜着的小嘴

我希望你能感受到

我面对世界的方式

恰如斯

椒木

雪在山窝卧着
像充电的手机卧在枕边
你微闭的眼睛忽闪着光

看不出时间在流逝
我们数次说要打扮成超人
准备奔赴抢夺时光的战场

谁把星星揳在蓝天上
固定了蓝色幕布
阳光透过漫天钉孔　漏下一丝幽怨的眼神

我们数次拥抱又调慢手表的指针
就让时光沦陷　那么美好的时光
让它慢　让它来不及被救

干脆把身体扔在床单上
干脆把各自的身体　变成两颗钉子
钉住被子的四个角儿

蠡斯

北方的风要经过二月 三月 四月
蓝色的天空和黄色的沙尘
在地球这巨大的玻璃瓶里搅来搅去

终于混合成绿色
最后像一贴万能的膏药
啪的一声贴在大地上

你就知道
时间改名了
它叫 春天

春天啊 还不知道遮住冬天的脸
刚刚站起身的血液
立刻躁动起来

它用强大的风怒吼
用低沉的呜咽的融冰哭诉
最后孕育出遍野的芽孢

再用一万个孩子的喧闹当作橡皮

轻轻地擦掉大地上

巨大的寂寞

而我　内心里有祝福

记忆的翅膀永远飞翔在湛蓝的天空

惟愿那美丽的春天　健康生长

崩裂的山脊贴满永恒的光亮

先哲说　春天　大地孕育万物

圣人教化天下

咀嚼苦涩柳条的人

第一个脱掉棉衣　感受着这苏醒的冷风

赞叹着这美丽的童话

并顺势将自己的琉璃心

流放进春天的

波涛中

桃夭

避开月光也避开路灯

就在幽暗的公园或街角

两片嘴唇翩翩欲飞

素日所惧怕的黑暗

此刻成为安全的海港

要说什么最能壮胆

那些窗帘后

晃动的汽车中

以及不知羞耻的草丛

那些内心中的

抓钩

……

兔置

为了在年老时依然能听到你无休止的唠叨
为了将春天涌出的花朵酿成秋天的香皂
我决定将我们的时间封存起来

我怕把整个太阳给我　我仍觉得冷
而你如同梵高
一支向日葵就能让我焚烧

封存你的电话
就拿到绳子的一端
封存你的气味　就放弃了其他的气味

攥紧你爱我的左手　我将不躲闪你厌我的右手
尝过蜂蜜的舌头
我将迎上你咬我的牙齿

茉苜

如果说星星是悬浮着的
那它悬浮在什么上面
如果这样来描述我

悬浮的心
悬浮的大脑
悬浮的未来

亦可　你坐在我的身体上
坐着色
也坐着空

太阳的光穿过我不能看透的一切
它有锐利的眼睛
却跟我一样　沉默着这个宇宙最多的奥义

汉广

你受伤了

是谁令你受伤

女孩

当你撕开膝盖的碎肉

像翻看夜晚的隐秘

当你一声不吭　放纵阴谋的罪犯逃走

你不再是肉与骨头做成

疼痛你来吧

考验一个女人的耐力

咆哮的街道羞辱着

被汽车撞飞的假面

沸腾的血液　蒸煮渐软的冰冷的心

世界从来不是游乐场

虽然你看上去表演得很兴奋

爱情是唯一的终点

虽然你表现得浑不在意

而如今你暴露了　因你模拟了死亡

这蹩脚的告别

多么怪诞　你想知道你有多重要

就那样等着我责骂你　安抚你

至少像别人一样关心一下你

可惜我不会去做这些　何必

把你从幻境中救出

再流放到另一个黑暗的真空

汝坟

你在乎我比别人多一些

你不在乎我比我对你少一些

少掉的那些可以用后来补齐 也可能会一直少下去

我急于知道答案 但是我又害怕答案

其实你知道答案 我也知道答案

我害怕的是那个答案的残酷

有些事情太寂静了

像没有发生过

又像已经结束

麟之趾

当抽搐的心脏
与捂紧胸口的宇宙得以
共鸣

当病痛变成　黑色棘丛中的花朵
或变成　蜿蜒爬行的蛇体

虽然我如同乔木一样高大
不要来我这里歇凉
我成就了夜晚　我融合了夜晚

风涌　虫鸣　喜鹊的呓语　狗吠
我搓一条虚无的绳索
抽打着世界的噪声

国风·召南

倘若人们日复一日地焚烧自己的良心

而又毫无挣扎的勇气

那些看似春风荡漾的人 实则已经心死

如同一整片树林在等待寂灭

那时 我们的赞美

该留给谁

鹊巢

穿过浓密的花丛小径

我心中的高温

逐渐降了下来

白头鹎　百灵

和几只蜂鸟

的叫声被我一一记录

我将在某个卧床的时刻

回放它们舌尖下面的蜜汁

和微火

这些能够惊醒身体

在每个失眠的暗夜

在我的每一根血管

在我所渴望的精神深处

流动的事物

它们将巢穴　牢牢地建在我的脑中

采蘩

我不被我的衣服笼罩
也不被我的房间
笼罩

一个在灯光中冒险　黑夜中放纵的人
不去安放身体
也不需安放灵魂

人们因对灯光信赖
而自大地定义了黑夜的愚蠢
阴暗　以及臃肿

实则黑夜中还有无数只手
笼罩着我虚假的光环
同时禁锢了我跃动的电力

草虫

又一个老人死了
听闻这个消息
我的大脑开始抽水　咕咚咕咚

为了一场庞大的淹没
它不相信泥土和火焰
那些东西留不住魂儿

它只相信海底一样深邃的地方
偶尔也会抽一瓶酒
它醉不了　睡不着

它不想抽干这世上所有的思念
也不想抽干这世上仅有的泪水
在阳光的质问下　何不湿润一点

以及对生死别那么在意
而事实上　它看上去还是露出了一副
异常饥渴的样子

采蘋

黄昏来临 我们升起火焰
鲜花在勇士的手中战栗
战栗的身体被拔掉羽毛

于是 第二天
我的头上多了一个雉鸡的头冠
一具身体吃掉另一具身体 并夺走它的翎羽

它的眼泪在我的肠胃里翻滚
它向下的移动 拖拽着我
一个行走的灵魂吃掉一个畜生

为此 他深信将得到神的赏识
神比羽毛还轻 你听不到他
降落的声音 是的

此时 我们在自己的仪式里
发出誓言
面朝明月和大海

甘棠

她喊一二三
神开始逃跑
慌不择路

一个颤抖的人　一个荒凉的人
一个已经无依无靠满身病患的人
终于变成愤怒的杀手

她踩着旁观者的头
冷酷地责备神
给你三秒的时间　从人间滚开

那一刻
世界
宁静起来

行露

夜在翻滚　时光在颠倒
水时远时近　龙卷风每月光顾女人的身体
所有的呼啸　都在肚腹中模拟一个婴童

点燃生命的引线　抑或吹灭孕育的火苗
是的　借助水的植入
平抑身体的失衡

血的流失
亦是火种的流失
但请你不要带来剧痛

一次弯腰　眼泪隐忍于嘴角
寒凝胞宫　当从阳引针
将阴气引导　疏散于烈火之上

那烈焰之上杀声震天
一点一滴地消散的
只是无时无刻不在提示

身体所脱落之阴暗物

并非污秽

实为生灭所致

人类二十八天 老鼠五天

绵羊十七天

牛二十一天 黑猩猩三十七天

现在观照我们自己 八十岁 九十岁 身体逐渐老化

即将像冰块一样消融

不久就会脱落

之后发臭 变黑 腐烂

化为泥土 而留在人世的新生命

茁壮 向上 浪费着每一寸难得的青春

死亡 到底是开始还是结束

这样的问题还请去问某些植物

益母草 红花 当归 桂圆 枸杞……

羔羊

我邀请它们登上独木舟

划进大海像进入一首诗

耳内流动着浪花　海面跃动着鲸鱼的脊背

或者摸摸我们的胸口

那里藏着另一片大海

怦怦地跳动的火山

似乎希望独占这片疆域

我邀请一些句子进入

词语上栖息着海鸟和懒洋洋的海豹

它们像阳光赖在沙滩上

安静地享受

天地间的温暖

它们不在乎天地幻灭

从容的样子

真如一首完美的诗歌

殷其雷

一群山丘踩着茅草在大地上行走
都朝向一个方向
一群山丘跟着另一群山丘

我追随它们的脚步
踩着它们的肩膀
睡在它们的臂弯

如果不是时间流逝
它们巨大的体积
差点让我误以为自己始终在原地踏步

我们一直向前
把咆哮的风声
抛入时间的大嘴

摽有梅

我时常感觉这所房子并不是我自己的
这里面有王羲之
他时常弄干我的笔墨

有石涛和尚　他占有我的多个墙壁
有屈原　因我披头散发的儿子
总是不断地发出牢骚

莎士比亚每次都约曹雪芹谈经论道
肯定有加缪
跪在地面不断地撞头的是他

有时候一转身
一只麋鹿的影子窜出来
我的猫骑在它的背上

有时候一低头
被踩扁的佛陀
正在地面轻轻地游动

是的　这是私人住所
我有权把他们
圈禁于书架上

但是我总是谄媚地请出他们
虔诚地将他们供养
最终我并未学到他们的皮毛

也未能成为他们中的任何一个
天生了我　只能永世做他们的奴隶
并把家变成他们的墓穴

小星

终于有人指出　寒冷是如何将人类淹埋
谎言是如何经过过滤
得以以真理的面目出现

而一个人　是怎样逃出隔离病房
独自萎靡于苍凉的山野
哪些消息是不可靠的

如果黑夜绕过地球又回来
它指证寒冷的腰间藏着滴血的匕首
以及它如何服下毒药

失败的风丢失了答案　即便有鸟站出来
用翅膀碰撞星星的光
在用耳朵辨路的动物面前　时间一败涂地

终于真相也不再具有意义
谁会在乎　一颗星星陨灭于遥远的太阳系
关于它的历史那么短　亮光那么微弱

江有汜

必有月亮遮住太阳的时刻
也必有因你而
心情黯淡的时刻

月亮借了太阳的光
它发亮时特别骄傲
我还活着　是因为借了你的光

野有死麕

一只鸟来我窗前反复鸣唱一首歌
它仿佛只会
唱一首歌

那时候阳光穿过碎叶射下来
我以为是它的光芒笼罩了我
一时间竟忘了脊背的疼

必须赶快记住这首歌
趁它还在鸣唱
咿咿呀　到底怎样发声

当我半张开翅膀
伸长脖颈
它却腾的一声飞走

而我完全没能模拟出
半点儿
它的声调

何彼秾矣

当我锁住窗子　垂下窗帘
关灯　然后安静地等梦
一只东北虎也卧了下来

此时夜空被抽掉骨头
身体瘫痪　风细舔着夜的腿窝
半眯着眼睛的细雨爬上窗玻璃

听　我轻轻地吞咽你的舌头
像石块坠进大脑
被子的窸窣　如身体涌出的浪潮

驺虞

活人重构了时间　梦

臆想　灵光一现

每个夜晚都有一次揉碎自己的机会

赤裸的内外　黑白

抹去一段故事只需一瞬

同时你也被故事抹去

黑夜折叠白昼

我折叠了我　时间

一无是处

国风·邶风

洗衣机里有旋转的密码

跳舞的裙子里有昏眩的折磨

穷人从不理财 仅有的储蓄 每次都全部支取

柏舟

期待每个清晨射入窗内的阳光

是温暖的推搡

而不是闹铃

其实我早已醒来

看着窗外的铁黑

变作金黄

没人为捡到金子而尖叫

没人像我一样忘记梦境

忘记心中的漩涡

此时

安静不是一个词

是疗伤法

绿衣

午后　安静的女孩儿藏进画册
她不是第一个愿意进入二维世界的人
事实上这是很多人的永恒之梦

而一个画家　有一把开启二维世界的钥匙
他常说　俗物不入他眼
于是我们头顶的天空经常丢失一块

我们身边的人也经常丢失一位
最妙的是我们的魂儿跑了　而不自知
某一天你却突然在一本书中发现了它

把它要回来还是任它跑远　这成了一个问题
一个困扰着全世界的问题
此时　被我们称之为爱的情绪

不断地冲刷着孤独的堤岸
被我们称之为上帝的人
把玩着状如珍珠的星球

燕燕

你用半生酝酿
一场爱
却难以如愿

犹如你种下的满院秋葵
为盛开的金黄无人观赏
而抱憾

犹如这静静的暮晚
被月光无情地
囚禁

犹如
这虫鸣 微风 口琴 摇椅
孤独而美

屋檐下的事物
比折叠的时间
漫长

日月

慢慢地活
永远做一个穷人
有多少爱都不够挥霍

对爱上瘾
它像水龙头里冲出的热水
时时将我的污垢清除

那些变慢的时间
会令人过早饥饿
夜晚短过白昼

那些变快的时间
会令手机发热
距离跨越银河

洗衣机里有旋转的密码
跳舞的裙子里有昏眩的折磨
穷人从不理财　仅有的储蓄　每次都全部支取

终风

我急于喝下药物治愈我的脊柱

炎症让骨头发酸

就要软下去

我不能软下去

身体还在弹着蓝色的琴键

激越的部分正要跨过雪山

生命残破得像拆迁的村镇

伤痛侵入像阳光中的雾霾

我急于喝下一些事物让身体发光

事实上我的身体

一直藏着火石

孩子们常常惊呼

看　萤火虫

事实上只有深受折磨的自己知道

火山　正悄悄地潜入翻滚的大海

击鼓

昨晚有一颗星星坠落在我的窗前

敛去光华变成一块平凡的石头

它成为我的家庭的一员 却混迹于院中的草丛

世界就这样完美了 而我也愿意同它一起

收拢起来

总需要些仿佛黯淡的事物来填补生命

我同它一样 也曾穿越黑暗穹隆

发出过微小的火焰

这已足够

凯风

没有路灯时眼睛自会变明亮

逐渐适应了黑

脚步便从容

在黑中　把自己渲染得更为模糊

石块　低洼　水坑　枯井

——得以辨析　并准确地避开

在黑中

独自思考　专心行走

所有的力量只够管好自己

写一首诗

只写下了诗中的一个字

与一只狗相遇只闻自己的吠叫

深深的陷落与压在身体上的虚无

让昏暗而渺茫的星星

变成刺过来的暗枪

雄雉

我寻求一种完整的自我
在魔鬼 圣者与人之间
玩猜谜游戏

我选择其一
像月光在花朵上稍微停留
又立即遁走

选择中 更换一副新面孔
像船颠簸 浪涌起
又慌忙避开另一个破碎的岛礁

游戏的奥妙并不在三张牌中
而在我头顶的云彩和
脚下的海面

匏有苦叶

在满是冰雪的山坡艰难地爬行　不知不觉间迷了路
雪停歇之前看来是找不到家了
空气异常纯净　雪异常白

忽然想起童年
攥个雪团　轻咬一口
暖暖的风和雪中的腊梅

在记忆中摇晃
一种通透贯穿身体
上苍就用这样的方式悄悄地给予我奖励

谷风

今早　我不再从母亲的肚子里出生
更新身体后　从黑暗的楼房里
从一张床上　注册一个新身份

昨晚我死去时　也并未与母亲
妻子　儿子
以及我爱的亲友告别

我舍弃的　必将不被理解
留下来的
保持与过往的平行

不然我能怎样
继续与噩梦纠缠
是件多么不光彩的事

太阳出来　刷牙洗脸　为眼睛抹药水
然后眼中泛出蓝光
我看透的不是虚妄　是对自己的放过

式微

闭上眼　终于和黑夜融为一体
我的身上
埋下了爱　伤疤和沉默

不再仰望你
也不再向谁低头
就这样沉沉睡去

风还在下压　晃动的房子和床
向内心道歉
黑夜将人和人隔离　派发叫作迷醉的香水

旄丘

大运河修到北京
古代的工匠
就会雕几只镇水兽置于岸边

道路抵达不了的地方　总有一座神庙矗立
灾难来临
我也是俯下身子祈祷的人

此时　有位美丽的姑娘走近我
我将把钻戒
箍在她的手上

简兮

一只毛毛虫

每天早晨坚持从马路的东侧爬到西侧

晚上再从西侧爬回东侧　缓慢而执着

我的车轮已尖叫着躲过它无数次

大概还有更多的车轮

尖叫过

一只毛毛虫一拱一拱地前行

它浑身毛刺　长相怪异

吃得很少　沉默寡言

从来都不知道下一秒会怎样

危险的世界与身体的柔软有什么关系

貌似尖锐的刺与疾驰的轮胎有什么关系

谁知　下意识地

它只是习惯性地

向前迈出新的一步

泉水

一个人的眼睛是他心底点亮的火苗
心死了
火苗也不再闪烁

月亮的时钟
弄丢自己的
指针

因此我特别恨那些
创造
惜别之词的人

也因此特别爱
那些
创造溢美之词的人

北门

恰如风

总在二十二点五十分

呼啸着涌入华北平原

蹿高伏低

看似毫无章法

实则有着极为精确的流动

此时　我已入睡

一个巨大的悬湖开始冲洗整个夜晚

它对时间的驱离和对尘埃的扫荡是无情的

只放过沉静的屋舍中的

甜美的鼾声

恰如我在梦中　将你紧紧地搂抱

就在爱将窒息时

你挣扎着喊

再紧一些

北风

风　是没有脱离地球引力的
魂魄　于是我知道
差点把我吹倒的

是那头巨大的鲸鱼
总是呜呜徘徊在山顶的
是一群黑色的老鹰

那缠绕在我的脖颈上　咬着我的耳朵
呼着轻轻的暖气儿的
该是调皮的你吧

北方的夜晚　柿子树是助纣为虐者
它们顶着乱蓬蓬的鹿角
为饿狼一样扑上窗子的风照亮

那时候我常常醒着
听窗外星星的低语
听死去的阳光在夜空打旋

静女

请给我时间
把我缝进
你的被单里

请给我指令
让我将你的
冰凉的身体焐热

请给我懦弱
这个小心翼翼
只敢爱你一人的人啊

请给我勇气
让我一生
不跨出这个房门

新台

你还是坐在我的对面
还是低着头
只顾着用吸管吸杯子底的果粒

沉默曾是我们的黏合剂
此时
却变成了国界线

消失的桌子回来了　横亘在我们中间
再多枪炮
也无法攻占对方的领土

再多吞咽
也无法吸进
彼此的味道

二子乘舟

回到车里　我摸着自己的嘴唇

被你咬过

的隐痛

用冰淇淋对抗　无效

毒液　侵入鲜血

邪魔　夺走阳光

我替蝴蝶　吻过张开的花朵

我替蝎子

蜇痛收紧的肩膀

我鞭打着喷嚏　从鼻腔中

掩埋一座浮屠

病毒的花朵　也有放下屠刀的觉悟

当身体发热　发软

我突然想问　手无寸铁的玄奘

用了哪部经文感动了身后的老虎

国风·鄘风

我不能因为爱你　就把你捧成明珠

正因为爱你

我先把自己武装成一颗明珠

柏舟

家里的纱窗坏了
若顾不上来修你就去忙
夜晚的凉风会更大　蚊子会来陪我

今年雨水稠　雨声比琴声真切
我不看星星　容易让窗子显得破碎
我只看云　它穿过窗子　是那么慢

（冬天就是这样的了：

家里的暖气坏了
若顾不上来修你就去忙
夜晚的冷风会更大　雪花会来陪我

今年格外冷　风声比琴声真切
我不看星星　容易让窗子显得破碎
我只看云　它穿过窗子　是那么慢）

墙有茨

光和螺旋的血管
螺旋的中央是第五大街
乔治·卢卡斯的影视城

摄影机所记录的一切
有爬行的四脚　它无法飞离
只能用锯齿切割骨头

想要撕开新的漏洞
摄影机生出小崽儿
在身体里钻进钻出

暴露着身体中的一切
摄影机将陆续生出新的摄影机
再生出更多悲剧

再生出更多悲剧
天地静极　万物尚未醒来
梦中人互不相扰　各有各的自由

悲乎　一旦梦醒
彼此又去
纠磨彼此

君子偕老

人们的身体镶嵌在黑暗里

床变成大大的镜框

白天的故事转移到梦中

你在不在场将不重要

解梦的人是可恨的

这里面有抽泣 有恐惧 有自由

这里面有另一张脸

和另一个结局

灰暗的人不知道死

再大的雨灌不满

人类的饭盒

飞翔轻而易举

比翅膀更省力

惟有孤单不变 惟有自己

能宣告自己的死亡

桑中

你是谁　你从哪里来　你要到哪里去

无论你是谁　无论你从哪里来　无论你要到哪里去

我就认为你是你　你从来处来　要到去处去

无论谁是你　哪里为来处　哪里为去处

如你　如来　如去

你　来去　去来

我　不去　不来

你爱我　不要溺爱我　也不要顺受我

面对我　没有你　也将没我

鹑之奔奔

我不能因为爱你　就把你捧成明珠

正因为爱你

我先把自己武装成一颗明珠

我羞愧　以爱你为理由

而标榜自己

并急于把不完美的自己交到你的手里

我有我的小阴谋

一旦你爱上了我的美

也将无法放弃我的瑕

定之方中

谁在击打着太阳和月亮的桌球

打出一道道弧线

沙子顺着指缝落入时间

谁在顺着文字的绳索下坠

无法阻止　落入令人魔一般着迷之地

被一口吞进肚里的冰水

在爱的色调中　在每个不能说出的词之外

是否还有一种不能预知的模型

我是个幸福的孤儿

因此我孤独地享受幸福

抽泣　红色头发　镜子　背影

它们都想拯救我

但我并不悲伤

玩自己的游戏　很好

啤酒洒向绿色桌面

蟋蟀

当我鸣叫着飘浮

四处寻找你我共同的梦境

我接受了灵魂中的万有引力

不再怀疑　云上倒悬着山

人群中　你的手和我的手

交叉相握　它们的空隙

正好接纳了心脏和心脏

剧烈跳动的鼓点

你看向我　我看向你

那纠缠的目　又恰巧制造了心脏和心脏

撞击后闪现的火花

隆隆的雷声滚过这座城市

到处是惊呼着　四处避雨的人群

又是谁在好奇　何以那两个清浅的人

从容而安静地行进

相鼠

使出倾巢的力气

还是　不能挽留你

温暖的夕光退去　夜晚弥漫而来

你总说　时间珍贵

时间珍贵　关于忙碌和缓慢

我们都找到了不错的理由

因此　我们终于走散

浪涛

再也回不到　堤岸

请你慈悲　怜我对你低眉摇尾

请你安心

轻抚这毛茸茸的夜色

干旄

我心中充满了抱歉

对于爱我的人

那么多爱我无法偿还

对于我爱的人　爱着就已心满意足

话是那样说

难免会令人低落

还好　爱着爱着

就会爱上自己想爱的部分

时间　总是出人意料

爱的部分终于被爱占有

不爱的部分终于

被爱遗弃

也许会痛苦

那曾是你我的一切

但终归于平静

也许会孤单

我们终于义无反顾

踏入了陷落之处

明明绝望　依然憧憬

我做不成围杀的猎手

你也不是致幻的钓饵

梦醒后

你为我颤抖着

点着一根烟

载驰

人到青年就没那么魔幻了
未来将至
快去迎接庆祝的烟花

阳光藏在靴子里
它有整个夜晚的弹性
夜晚刺眼啊

抖来抖去如同频闪灯
照亮一片晃动的大腿
闭着眼晃动的未来的妻子

还有围观的成群的我
目光穿梭碰撞
雄伟的酒精开始化为破碎的玻璃

不竭的精力化为酸臭的汗水
野兽一般激动于斯
只能说 野兽尚未成型 尚未成型

国风·卫风

春天跟随夏天

雨滴跟随云朵

我跟着你

淇奥

燕子不能在冬天里活
为什么有一只
却坚持留下来

我发誓不再把幸运给你
那些你所认为的
不幸

这一次　把最狠的话给你
最多的怒和痛苦之中的绝望
给你

苍白的月光下你捂着脸也没用
你再巧妙地躲避
也躲不开我的赴死之心

考槃

两具肉体如同在岩浆中翻滚的石头

一块比一块炙热

一块石头进入另一块　谁将在谁的身体里闪耀

这地底

水与火有一次忘我的交融

神与妖生出魔的火种

那魔种继承了秘密语言

又长出魔咒之根

堕落　成为比十八层多一层的空间之主

甚至你说可以放进一具身体

但决不为我生出一具身体

这仿佛并不是什么好结果

我由妖魔变回人　收拢满身的毛发

缩回尖利的牙齿

沸腾的血液冷却下来

只有心还在颤动 咚咚如鼓

揪来一片树叶

轻轻地盖在你的腿间

它隐匿的 显然是更为庞大的东西

我眷恋的 类似牛犊爱着母奶

强制自己做一场梦

然后无法在自己的梦中醒来

像发现一首诗

并在诗中成为爱你的楷模

每一词 每一句都惊心动魄

年轻渐至年老

东风常常涂满南坡

多么美好

心脏还在不断地点击着一个按键

Enter Enter ……

硕人

爱上一只妖精

首先爱她三百年的智慧

然后爱她整晚的不睡

爱她在虚构的梦中吞云吐雾

爱她三百次躲进我的背后

种下相思的苦果

三百年的眼睛　三百年的注视

我不叫她祖母或是姐姐

也不拆穿她的面具或化形

谁让她陪我跃过生活的悬崖

和命定的泥潭

我就呵呵地傻笑着　欣赏她的尴尬和失措

抚摸她身体上的伤疤

幻想着我们同时被天使传唤

然后趁她闲睡　我的身体慢慢地变得冰冷

她不哀悼我

因我是她刻意演化的假面

她只哀悼爱情

哀悼我与她相随的六十年

她是不死的

一个沉思　人世便落满灰尘

氓

我在前面走

你在后面　轻轻地跟随

我踩黑颜色的砖　你也踩那一块

我没回头　但完全有感知

你的步调　你的动作　你的呼吸

紧紧地贴着我

我也曾跟随过你

你在前面走

我在后面轻轻地踩你的脚印

你的黑裙子牵起的风捆着我的心

你的偷笑　你的骄傲　你的相信

我们都懂

春天跟随夏天

雨滴跟随云朵

我跟着你

竹竿

给你打了二十个电话
在你的门口敲了十次门
我狠了十次心 扭头回家把自己锁死

我翻着你的微信聊天记录
你曾经对我那么好
好到每一条信息都不舍得删除

你如今对我那么狠
狠到每一句话
都没有回复

我带瓶酒去
就是想跟你喝一次
我带辣椒去 就想让我的心狠起来

然后我就狠心不理你一百次
我那么狠心
你怎么还不来找我认错

你快来找我认错

你会来找我认错吧

谁能根据我的错　为我定爱你的深浅

芄兰

春天的大雪里
腊梅的骨朵抱成一团团
它们的身体中储存了春光

雪花飞舞时　显得那么亮
这时候　你来到腊梅边自拍
婀娜的动作像骑一只花斑猎豹

我始终躲在窗后紧紧地盯视
担心你突然骑着豹子风一样跑远
担心你遗落了我　变作一地散碎的金块

河广

地球已经容不下我
我将走入深空
习惯沉默的人拥有了更大的借口

爱情或许是唯一的永恒
想
会跨越亿万光年

容不下我的　事实上
是　偷生
涓滴渴念如同一束光

在暗夜中
靠过来
弱小　无助　迷茫

伯兮

有一根手指翻看我的命运
一页一页　将我看透
第一页便翻至我的目录

上面列着我的人生梗概
看似结实的骨头
缺钙造成的白斑虚弱地连着骨上的筋肉

沿着目录的文字下行
标明第四十五页起
罗列着我的五脏六腑

早已被酒精　香烟　农药　保健品
糟践得
不忍卒读

血管　堵塞在第四百二十六页
头部四百二十七页　心脏　淋巴所在的篇幅
你是否有勇气拿来与自己对照

如果有那样一双手　不断地翻阅

不断地将我分离

五百页　六百页

海水与火焰　天使与魔鬼

本应是一具行尸走肉　里面竟然

还多出不少怪怪的念头

我只好拼命地捂住自己

像乌云拼命地遮掩月亮

明亮的心一下子变得阴暗

这真是一个虚构吗

书页　被合上

我　被分开

现在在我面前站着两个相同的人

一个是惊惧的玻璃

一个是虚弱的颤抖

有狐

透明的玻璃盒子里

灯光不晃

灰色的沙发中肆意酣睡

艾略特的诗集合上了

同时也合上了里面的波澜

窗外的大叶梧桐　一直晃吧

毕竟外面一夜风雨

城市的楼群　随着满天雨滴

消隐于一片凄迷

乌云万里

众生屏住呼吸

而乌云　如果你不散去众生将继续沉默

沉默的时候

不与你咆哮的雷声对弈

内心的山脉却在悄悄地隆起

木瓜

把爱情扔到油里

煎熬的青葱　胡椒　鸡蛋　酱料

在翻滚中——烤熟

把生活扔到油里

为内心淬火

一个回合已经满是焦黄

把坚强扔到油里

你多看我一眼　哪怕只一眼

我马上就会崇高

把心软扔到油里

肌肉开始抽搐　身体开始蜷曲

我变作患有心脏病的孤独小兽

把羞耻扔到油里

牙齿咬烂双唇　眼里海水翻滚

谁都不要抚摸我的伤口　可怜我的沉默

国风·王风

我在混浊的世界逻辑中拼刺刀
生吞玫瑰的人对我放冷枪
阳光的面具牢不可破
只有在夜晚的黑火下
人们露出
真实的面孔

黍离

阳光淤积在城市上空

风也抛了锚　闷热的空中

缠绕着的巨大的手臂在一点点地勒紧

你所感受到的

窒息　绝望　逃离

就像老虎困在笼子里

麦子熟了

等抽干空气中的最后一点浆水

就可以收割

白晃晃的夏日

躲在书房里的你　是否

正在变得焦躁而模糊

但是你还是要清醒

如果不听医生的话将变枯竭

那就继续　向阴影　向意志

向耗干的汗水延伸
继续用血
坚持在跑道上奔跑

继续用诗歌降温
用麦子垂下的麦穗
坠住这上升的世界

君子于役

醉酒是对内脏的一次整顿
洗刷胃　用硫酸清理肠道
涌出喉咙的酸水如同洪水冲垮破破烂烂的山路

意识模糊了　脑浆开锅了
月光塑造的一切美好
如今也已经全部溃散

再无力念出轰隆隆的咒语
猴子的木棍袭向安详的玄奘的后背
他愿意以此方式来一场自绝

因此不躲闪
并将所叹之息投向群星的空白
你见识过　也经历过

时间消磨着人的好脾气
当狂风席卷整个冬季
将无人认得出死者的骨头

君子阳阳

睡眠者追寻的是另一种生存

与这个世界

平行的梦境

七十亿人并非只有七十亿种人生

七十亿人也许只有一种人生

一种有七十亿种变化的人生

因此　用我的身体

做你的梦

是有根据的

扬之水

墨绿的草原上有一匹马

双眼皮 眼睛特别大

它不奔跑 一直啃一根藤

藤并没有绊到过它

但是它还是要把那根藤吃掉

可那根藤会再长出来

它就继续吃 藤也继续长

一匹漂亮的马

毕生都在啃一根藤

中谷有蓷

和一株小草交朋友会扇了谁的脸
和一把匕首交朋友会扇了谁的脸
和五四式手枪　和夜晚汪汪叫的小狗

和一只蠕动的　累死累活的蚂蚁交朋友
和平凡又平庸　喜欢酸辣白菜　醋熘白菜的
普通人交朋友　会扇了谁的脸

和薄薄的医药费交朋友
和带着洞的书包交朋友
和干净的下水道　永不爆炸的瓦斯

和苦　和恨　和盐　和泪
交朋友
和肮脏　苦难

站在河边　跳下高楼　挂在树上的
鬼魂
交朋友

他们偶尔彷徨

偶尔摇晃一下

偶尔爆发点小情绪

那些偶尔　顶多如同地面的一口痰

刚开始有点刺眼　慢慢地也就晒干了

慢慢地被灰尘覆盖

我　或和我一样的这些朋友们

经常会再补上一口

我们仅仅在做一种　交朋友的小娱乐

兔爱

太阳还在升高
玻璃窗就快化掉
秋天的正午倦意袭来

太阳放出亿万只懒猫蜷在你身边
踢不走　推不开
风也吹不动

世界耀目
一朵花热烈地开了
一朵花不顾时节

花儿迟开
万物羞愧
太阳还在升高

升啊升　花儿尽欢颜
装作能够躲开
冬季的凄惨

葛蕾

我们一直在追赶　落日
如同一个被拍红了脸的篮球
落在树杈上

我们开车去追
它又滚下来顺着高速公路跑
你跑它也跑

我们一直在追赶　落日
如同一个
被踢红了屁股的足球

越过球门的栏杆
滚到马路的尽头
我们去追　它顺着高速公路跑

你停它就停
生活总是捉弄我们
你索性停下试试

我们停车　高速公路上所有的车都停住
一群一群的穿风衣的人
立在车门边

那只皮球
被看得不好意思　脸通红通红的
比幼儿园里挨了批评的小朋友的脸　还红

旷野千里　麦子偷偷地熟了
一群麻雀从这块地跃到那块地
又从那块地跃回这块地

而整条高速公路　汽车横七竖八地停着
绵羊　笨狗　大老鹰也都散漫地卧在公路上
欣赏落日

谁都没注意那些麻雀
发红的身子　仍然忙碌着
往家中运送小虫

采葛

今天怎么了　我心不安宁

阳光不强烈

春风不浩荡

得到你的谅解

我反而变得害羞

心乱如兔

哦　你不如

责骂我

痛揍我

偏偏你只会慈悲

然后笑着说

谁让你爱我

大车

当我搅动一杯牛奶

我几乎觉得我在搅动最稠的夜色

爱你不是一场吞噬

但结果就是把你吮进舌尖

不吃掉你　根本就毫无意义

一点点地　品咂　咀嚼　吞咽

为身体灌进一层丝绸

如同一场仪式　我那精致的舌头　持续的吻

我移动的手凸凹的呻吟

当我搅动一杯牛奶

我将搅起一层雨水

就在两地之隔　我们共同泣不成声

请你仁慈　迎接即将到来的苦

请你残忍　与我一起

与天下的亲友为敌

丘中有麻

我在混浊的世界逻辑中拼刺刀

生吞玫瑰的人对我放冷枪

阳光的面具牢不可破

只有在夜晚的黑火下

人们露出

真实的面孔

更不要相信梦境

它仅仅是阳光的

挣扎和抵抗

说不用的人

不断地与静默的时间

做爱

看来你想我是真实的

因为我摸到了我情绪中的黏液

你想我时我一点都不挣扎

作为回馈

我为全部的天空

捆上蓝色的绳索

你可以砰砰地撞击茶杯

像龙井茶立起的

芽尖

你可以一遍遍地

为我唱挽歌

像鱼缸中的野兔

念珠的锈蚀被芹菜破解

残破的东风

不会做一顿晚餐

吭哧吭哧　我喘着气

吭哧吭哧　我要死了

我布满房间怎么办

布满天空怎么办

你我迎头撞见

而你视而不见

国风·郑风

是那些不属于爱的东西

堆积在爱里面

不知不觉 生活已被塞得满满当当

缁衣

小狗急切地想要

穿上一只我的鞋子

它来到床前猛舔我的脚趾

相爱的人走散了

没有一只狗鼻子　将怎样寻找到对方

发烧的人听不见铃声

缩紧的空气把一些呓语吞没

早起的鸟在窗外叽喳

失眠的太阳过早地蹿出来啦

抚摸额头　如同铁匠把夹子伸进冷水

几粒药片呆呆地

等着被魔鬼锤炼

将仲子

身体中有个东西让我不安
声音偃旗息鼓
灯光渐次熄灭

好吧　那就请夜晚的人们暂时安歇
明早起床后
继续激起这颗星球的尘埃

而我们　做爱　洗澡　洗菜　包馄饨
就像水底的两条纠缠的鱼摆动着尾巴
只搅乱泥坑里十公分的区域

叔于田

你离开一定是因你
迷路了
或是丢了手机

你迷路
定是你故意迷路
你觉得你穿不过爱情的森林

你把自己流放到森林中央
以为这样就可以
迷到永久

你真的确定逃走是最好的结果吗
故意迷失
毕竟不是真的迷失

大叔于田

猫带着一个自动的喷泉
它眯上眼睛便马上喷出鼾声
但它并未睡着

我也带着一个自动的喷泉
它只在我造出美梦时
或被你嘲笑时才启动

造物者为每个灵魂
都装有马达
只是作用不一

我们就来一场比赛
成功者陷落于慵懒的阳光
失败者辗转于难熬的夜色

清人

我即将说出的话里面有刀子
它要把我已经说出的话戳碎
这些从我心里面拔出的语言

赞美我这真皮的刀鞘被华丽的布料包裹
衣冠楚楚多么文明
我就快忘了　我的锋利有什么用

我就快习惯了隐藏
对付自己时残忍
对付世界时温和

我要求自己
下一句说出来的
是诗　或者是漫天星辰

于是我继续包裹自己
一张单沙发　一间卧室　一盆君子兰
一个女儿　一辆车　一座城市

有时候我会为一个证件燃烧时间

有时候会为一个赞美卸掉家庭

这是临近年关的一个下午

我终于把自己埋进一盒香烟里

这些烟雾消磨了我积累三十年的铁锈

我突然想戳碎一团火　露出森然的骨头

羔裘

一只狗扒掉自己的皮

啃掉胸脯肉

露出黑通通的腹腔

一只狗吞掉自己的肠子 它向肚子里望

一只狗喊出汪汪

那里面还有没被掏出的东西

它龇着牙 发出呜呜的示威声

然后一口咬住虚空

一丝得意 一丝意犹未尽

一只狗对自己摇尾巴

它闻自己的臭屎

也吞别人的臭屎

一只狗 把自己抱在怀里

舔自己的伤 并在黑暗中杀自己一百次

一只狗 对自己比对世界 还狠

遵大路

是那些不属于爱的东西

堆积在爱里面

不知不觉 生活已被塞得满满当当

终于有些缝隙出来了

我因为担心你要离开

立刻灌进一些胶水

曾以为我深深地爱着你

原来 我只是深怕原本属于我的事物突然间丢失

所以才牢牢地握住

女日鸡鸣

让新娘的酷刑施于这片天空
第一束鸡冠花被咬出血来
想说的终于没有说出　说出就会染红秋季

我忍着把自己的嘴唇也咬出血来
月亮在夜里成歌
将它在蓝纸上涂成金黄

光洁的夜晚　我们像它一样激情燃烧
这亦是永恒的一角
不是吗　爱你像葡萄酒一样耐人回味

舌尖缠绕着珍珠
身体藏匿着锁链
幽暗的你我醉得不省人事

床单抖动汹涌的大海
时空在某种意义上
昭然若揭

有女同车

一具会飞的身体是辽阔的
当天空在身体中扩展
身体会越变越薄　直到完全透明

蓝色的身体是最妙的身体
蓝色的呼吸是最妙的呼吸
蓝色的炙热是最轻的炙热

山有扶苏

人们想去承受什么
首先就会用舌尖去品尝什么

比如酒中的闪电
槟榔中小剂量的毒
爱情
躲闪的吻

有时候是
荷叶上月光的酸
有时候是

阴影中寂寞的
凉

莽兮

拥抱玫瑰的人同时被爱情的棘刺

抓伤苦心

竭力的心

淋漓　未必不是你所期待的结果

致幻剂

造梦者

你的完美是

破碎的身体

比渴望更加破碎

狡童

我能想到

最浪漫的事　就是有一只狗

在我们的脚下　不断地跑来跑去

我能想到最美丽的事

就是我们　像两只发情的狗

在月亮的脚下　不断地跑来跑去

褰裳

不知何时窗外的雪停了
在午夜
去往异国的你发来视频电话

孤独　以及对两个国度的
对比
之后是深深的叹息

家乡　雪温暖而厚
酣睡时我的房门洞开
你来时不用敲

任霜雪化作水珠自眉间滴落
所有翻滚的夜色
皆从思念中出

每个人的脑中都有一个信仰
不信的人在人世匆忙寻找
信的人　早已得到安慰

丰

总有风雪从北方的洞穴喷涌而出
自以为灭了万物之后
便可消停下来

总有一些句子 从我的身体里喷涌出来
自以为说出之后
世界必有所改变

夜空依然亮着灯
漆黑处
依然有人做爱

风雪反反复复 春天不耐烦了
我反反复复
最终熄灭自己

东门之埠

你是那孤独盘旋的海鸥

在天空盯着我

锋利而凶狠的喙　毫厘不差地将我锁定

你一头扎向水面

把我抛向天空再叼住

我一旦在你的视线中消失　便立刻枪决

你不藏于深水

只在天空唾弃爱的余欢

想我时你也会号啕　念我时你也会怒骂

你就是一个穿上铁甲的美人

杀人时　像个凶狠的将军

悲伤时　像个赴死的刺客

风雨

必须强行掐断梦境
我不要再继续那样的折磨
夜越发的黑　冷汗已打湿棉被

无数陌生的面孔都是我自己
无数种陌生的职业我都经历
我对我说　这次咱让你亲自入局

然后我钻进了我的脖子
鞋袜漂满湖面
我挤进了我又溺死了我

那残忍的灵魂颤抖不已
仿佛这世界容纳了我的到来
又将我遗弃

子衿

我嘻嘻地笑着

心里却无比难受

哎呀　你的头发怎么都白啦

你笑得比我更放肆

还傻呵呵地戳我的痛处

你还不是一样　比我能好多少

岁月是盐

命运是碱

轻易腐蚀了你我

我们唱首歌吧　不谈这些了

你却抽出两根烟

要把往事弥散

我们一遍遍地　在

蹚过的小路刻下脚印

阳光照耀着空荡荡的花园

……

扬之水

吱扭一声　门响
那声音在空空的屋子里
显得极其清晰刺耳

是门的痛苦
还是耳朵的痛苦
我听不出那声音传递的感情色彩

不能拿我的心情　加以判断
你的快乐还是你的敏感
都让我的心吱扭吱扭地响过

我不分辨
那是我的心疼
还是你的心疼

世间的门向天堂开
可是天堂就近在咫尺
我是你的天堂　你是我的天堂

甚至我是我自己的天堂

你是你自己的天堂

门不时地吱扭一声

出其东门

走进画室　在这里应该有

一个模特的三十张脸

素描课堂的确把模特提炼了三十次

三十个学生之外

还应有一个老师

他们共同强化着　对一个人的观察

用缩短的铅笔换永恒

用缩小的橡皮

抹掉脸部的多余

画架　像列阵的马匹在踏蹄

此刻正是好时候

以模特的位置为中心

围成半圆　适合进攻

阳光射进室内

一半明　一半暗

我闯进来 着重搜索着

画布和暗影处

我不懂画 我来找一个逃命的人

野有蔓草

夜空把星斗牢牢地按在它的棋盘

大海把鱼虾牢牢地

封进它的魔法

黎明和黑夜猛烈地撕扯

相爱者的细嗓子发出咒语

野狼看向羊群　母蜘蛛吞下公蜘蛛

这一切的一切都令我警惕

一个人是否枪毙了

体内的野兽

溱洧

茂密而湿润的清晨

蓝天将阳光碾平在地面

并试图将它的黄金甲染成蓝色

植物在疯长

婚礼在继续

关窗　蚂蚁乱作一团

堵门　首饰狂蹦乱跳

讲故事的电视唱爱情不可得

孩子们高兴地跟唱却并不相信

很多人一半身体潜入海中　一半身体流出眼泪

礁岛上的白色城堡里

王子捧着鲜花单膝跪地向女孩求婚

浪花悄悄闪烁

一千只鸽子叼着玫瑰

一千个女孩抬着镜子

一千个女孩露出微微哀颜

她们跃出海面

她们感到自己　也将成为母亲

国风·齐风

我有过　跨越贫穷后的豁达
而如今　我一天天地握紧了豁达的假象
我有过　冲破虚妄得到掌声的时刻
而事实我误会了掌声的真诚

鸡鸣

一遍遍地走出房间
是内心躁动的我
微风中一定有谁　在对我呼喊

生活如此之稠
一个人出来进去　进去出来
搅不开夜色

如果我是吸管
天地是杯子
谁用我吸出神圣和美好

需要耐心去调和　我最怕啊
你站在我面前的时候
我已破碎　满面狼藉

还

草原燃起篝火

我们围着它又蹦又跳

终于醉倒

睡梦中

残火噼啪

我能感受到你　无法睁开的眼睛在悄悄地流泪

归家的途中　我们都沉默着

我们都知道　那些闪过的火星和说出的话

终将被我们忘记

著

此刻　有谁

在我面前坐着

沉默拉开距离

此刻　有谁

在我面前坍塌

回忆无法逃脱漩涡的扭曲

微光中你的眼神令我颤抖

天知道你

有多高的密度

爱因斯坦预言的天体

致使我们

没能继续相爱

你孤独地在石家庄行走

完全不反射任何温度

而我　依旧保持绕行的姿态

只释放一丁点儿边缘信息

拥抱我吧　我不逃逸

吮吸我　我会自动献出舌头

但是距离产生了更大的距离

除非你

故意捕捉我

或者你

重生为一颗超新星

……

东方之日

在我睡着的时候
是谁用手抚摸了
我的脸

在我装睡的时候
是谁用手
擦了自己的眼角

戒掉一种瘾 有什么比死亡更直接
敲碎一颗心
有什么比永别更坚硬

不敢吻我的人 在走廊的阴影里抽泣
不敢恨我的人
在沉沉的夜晚痛咬自己的手臂

久久地站在窗边
的你啊
正奔跑在我的诗歌的结尾

东方未明

经过医生的诊断　我终于意识到
我有病　但是我从未承认过
而是经常指着别人说　你有病

我总能看到别人的病灶　从而觉得自己具有医生的潜质
正如我总能看见别人的痛苦
而误认为自己是救苦的超人

我有过　跨越贫穷后的豁达
而如今　我一天天地握紧了豁达的假象
我有过　冲破虚妄得到掌声的时刻

而事实　我误会了掌声的真诚
我把遥远当成了遥远
我把瞬间当成了永恒

而这一切　是多么不可救药
我敲碎镜子　才看清我的梦境
我除掉记忆　才发现真正的自己

南山

我有过比星空更为庞大的幻想
但是　从目睹第一颗流星的陨灭开始
我的幻想便开始收缩

我见过日渐扩张的墓园
膨胀的城市
比不上它的速度

我感受过我写下的文字
被自己批判的间隔
越来越短

我震惊过
被我挥霍掉的青春
那些勉力维持的情谊

还有那么多期求保值的事物
一切都在　轰隆隆地巨响着
毫不留情地向后滚动而去

甫田

虽然天空飘下了一点点儿雪星

世界还是停了下来

我就没有让世界停转的魔力

昨晚　我写了一首诗

除了把自己冻结在诗里

身边的一切丝毫没有为之动容

倒是身体中的那些动荡的东西

不仅没平息下来

反而比以往更为加剧

它们冲撞着我

天还阴着

似乎也想让我酝酿出一场大雪

卢令

挣扎辗转无法入睡　窗外

夜晚变薄　月亮切割着山脊

我深深地吸一口月光

冷　碎叶子　火把

窝藏在肺里

还有已忘记的你的身体的味道

万籁无声

是什么在夜空掠过

沉默着来听我一人

敝笋

在我忍不住一次次地给你拨打电话之前
黑夜被台灯的牙齿嗑开了一个豁口
谁先蹿出来 谁将被风填满

这铁汁浇铸的掌纹
这举着幸福的火把的时钟
蒙着眼睛和在挣扎中遗忘 大概是一回事

对着厌恶的人吐唾沫和向自己吞咽口水
大概是一回事
于是我裸着身子跑上阳台让黑夜裹紧我

于是沙袋挥舞着拳头砸向我
于是酒喝掉瓶中最底层的我
为没有马的骑手配一辆汽车

为没有空气的呼吸配一个健康的肺
你温柔的手摸到我心里面来了
你坚硬的针让满树的梅花为我放了血

载驱

有只漂亮的大鸟从窗前一掠而过
留下一团闪着绿色羽毛的空气
此刻再蹿到窗前去看它为时已晚

美丽的事物总是一闪而逝
三九寒天　正是北方风暴肆虐的时候
我们惯于躲进室内的暖气中

而树枝还在捉着风的马鬃
鸟还在万尺高空
放牧大地

这个季节　所有带颜色的事物都极为珍贵
救护车还鸣叫着　在桥上奔跑
它刚刚救下一个因呼喊而几近窒息的人

猗嗟

我喜欢的佛像
是被雪
遮盖住的那种

我喜欢的人　是来看我时
眉毛有冰　肩头有雪
头上有皮帽子的那种

我喜欢的房子
是要走好远好远
汽车到达不了　建在喜鹊窝下面的那种

我喜欢的诗　是纷纷扬扬
无边无际　寂静无声
又震动心灵的那种

我喜欢的时刻
是被你劈头盖脸一通老拳
然后揪着我的鼻子　逼我吃下药片或米粥的那种

我喜欢 静静地落在地上

与特别多特别多 我喜欢的事物一起

屏住呼吸

像一颗颗种子

拱出嫩嫩的

尖芽

国风·魏风

什么样的巨人由水泥　钢筋搭建而成

什么样的爬虫由金属　塑料　汽油　齿轮组装运动

什么样的跳蚤赖于手机　电脑沟通信息

葛屡

一个男孩坐在月牙上垂钓

地球是吊钩上的诱饵

第一个咬钩的黑影是谁

来自哪里

那个明亮的夜晚　我不禁想起这些

同时想起的还有我河里的蚯蚓

它像我在生活中的蠕动一样

能够挣脱的概率是百分之一

虽然到此为止　浮漂还没有下沉

这说明

地球在虚空中

已经静候了很久

汾沮洳

身体所经历的每一次失重
都是
对星空的召唤

星光闪动的每一个瞬间
我都相信
是星星回答了一次

飞机起飞时　我听过
那是一个约请
但我不敢挟持机长前往

纵然我有天大的理想
也始终是一个
被地球引力圈禁的顺民

园有桃

那么多尴尬从我的脸上滑落
如同你拿起茶杯泼
在我脸上的水

找找镜中虚妄的人
他已被无声的子弹
击中

妈妈总是第一时间觉察到我的异常
她问起我的近况
问我的老婆和孩子是否太过节约

而我兀自不顾一切地冲进战场
不敢跟妈妈提起
我正一滴一滴地耗干对手的血

男人的战场没有争论
只有将敌人的脖子夹得更紧
让他替我发出窒息的声音

陟岵

夜晚太浓　感谢它将我
裹得越来越紧
有时候估计它也会谢我

我也曾那样动情地抱着无尽的虚无
生命
时而浩瀚　时而细微

细碎的星星的汁水
幽暗的风的潜行
眨起眼睛如同蜜蜂敏感般振动

夜　巨大的寂静
每深一度　我的心肝都随之颤得更激烈一度
孤独由此而生

十亩之间

什么样的巨人由水泥　钢筋搭建而成
什么样的爬虫由金属　塑料　汽油　齿轮组装运动
什么样的跳蚤赖于手机　电脑沟通信息

什么样的神灵遗失了冒烟的香炉
什么样的羊群吃下自己种植的毒药
什么样的骡马兴奋地等待临刑的铡刀

什么样的狼群羡慕猫狗的生活
什么样的孩子被当成温室的花朵
什么样的死亡可以隐瞒无法声张

什么样的牢骚能够得到拯救
什么样的绝望能够得到原谅
什么样的诗歌能够被人记住

什么样的经文是
治病的药方
……

伐檀

骆驼在书桌跋涉
蜡烛在黑夜里拉着提琴
谁掩着门等我取经归来

风中的叹命者
没去取经
而是把命吟成分行文字

雪　沏不灭风中的火焰
只够堵住
悲伤

硕鼠

植物在不停地
制造氧气
累到严重脱发

心疼的人
说说就哭起来
眼睛肿得严重

于是植物开始
制造荒芜
比写诗的人制造的还多

心疼的人扔掉心疼
打开电灯
查看领工资的时间

折磨你的实际上是岁月
看看这世间
为什么别人都是好看的小说

拿出一百块

买上几本

犹如贫乏的自己　多几具身体

国风·唐风

时间不管不顾

催促着万物前进

就像 那些从不回头的人

而终成虚妄的 正是那些试图留下几行文字

几多记忆的人

蟋蟀

一群燕子涌出黎明

那时我正在对着太阳鞠躬

对着深沉的天空

叽叽喳喳的歌声流动

孩子们的纸飞机

在教室的木地板上折翼

你是谁　我正在对着镜子中的自己鞠躬

哑巴歌唱海岸

浪花吐出猩红的舌头

我和偃息的你一起呜咽吧

对着远去的良知鞠躬

风雨带走流动的火焰

审判日　在时钟的滴答声中

迫近

曾经　我一心把肉身交给腐朽

眼眶中的水滴淹没黑夜

从废墟中爬起又趴下

爬起又趴下

云彩在头顶流动

我的叽喳之语更是

献给鸟和众神的魔咒

然后像一首绝尘之歌飞走

之后深深地弯下腰的还有谁

在秋天的墓地贴着尘埃

燕子也走了

留下我的

躯壳

山有枢

天空巨大
却容不下一声
悲鸣

阳光炙热
却焐不热一个
漩涡

时间太广阔了
筑在树梢的巢
守的是山还是夜的边界

扬之水

一颗流星　坠落在我的窗前
一颗流星　坠落在我的远山
一颗流星　坠落在我回家的路面

微火　在
我的深夜
闪耀

而在大多数时间里
它们都是黯淡无光的
都以沉默　配合着大地的沉默

椒聊

鱼受不了鱼缸里的惊涛骇浪
心 承受不住
流言的撕扯

爱情的路口有了分岔
月亮 每天用锯条
切磨引力的绳索

我的饮料
是古老的诗篇
一掬水的房子 是狗的身体

彗星随鲸鱼跃入大海
化妆 是对生者的
召唤

扯掉封住嘴巴的胶带
神已不在人世
他对毙掉的人致欢迎辞

绸缪

很多事物无法描述

比如说味道　京城抑或云南

也有某种味道

和你相互喜欢也相互憎恨多年

让我谈谈你是个什么样的人

我一下子就能把你和北京或云南联系起来

舌头如同港口

思想如同浪涛

甜蜜抑或咸涩都自有其指向

有时候　翅膀与花蜜不愿接近

你害怕失望

甚于渴望

有时候　那些滋味

你铲除它们无数次

却总是继续长出杂草

枞杜

一场大雪把白天和夜晚缝合在一起

有人在房间中练琴　有人喊

别弹了　别弹了　快来看雪

看来　旋转的雪花中

有摄魂的咒语

像死亡约会你一样不可抗拒

你愉快地站起身　刚刚

雪　恰巧掩埋了

最后一段琴声的尾巴

羔裘

像一块磁铁到处寻找另一块磁铁
太多事务吸附于我
庞大　臃肿　疲惫缠身

虽然我
的吸力
仅对铁石有效

作为另一极　你　已经走入我的反面
爱我的人还在退让
退让

我所努力奔赴的终点
永恒　多么清晰
它长满铁锈

鹁羽

今夜　必有些事物被

覆盖　稀释　割掉　吹散

想到这些　我一阵担心

我和王家新　朵渔　红莲一起躺卧的多伦的草地

是否被牛羊啃食

越野车辗压　又被风重新扶起

时间不管不顾

催促着万物前进

就像　那些从不回头的人

而终成虚妄的　正是那些试图留下几行文字

几多记忆的人　如我　灵魂离去了

也将留不下我的肉体

无衣

我打着饱嗝坚持着把一颗大苹果吃完

只有吃掉它　虚无才真正地成为了虚无

正如历史吞噬了我

但此时

我正努力为自己的虚无

安装一些所谓的意义

科技时代谁不是装满可替换的零件

材料　成为囚禁虚无的牢房

万物皆可成为你我

而被称为万物的物体

充分释放着虚无

说这些对老头儿有用　对孩子无用

是这样吗　老头儿在耐心地等待着孩子长大

最后的魔念被称为灵魂　它终于

可以被电脑捕捉

如同太阳捕捉着地球 地球捕捉着月亮

而这所有的引力作用 抑或顺从

所能带起都关乎一股股无关紧要的清风

有枕之杜

汽车　高速公路上游荡的鱼
匆忙奔赴
一个个美味的诱饵

我不是一个喜欢钓鱼的人
只对自己的欲望
抛下鱼钩

我也不是一条喜欢游荡的鱼
一生只吞下少量汽油
和蓄电池

公路如摄像机　记录的影像
快放或慢放
都是演员的戏剧

即便我努力挣脱剧本的角色
即便我只留下
短暂的对白

我不是一条喜欢咬钩的鱼

不是两岁便被父母丢弃的男孩

但未来的钩我必咬

一生中有一次逃脱都足够

时间如灰色的雾霾

轻轻就覆盖了万物

或许我还未来得及说爱　但我爱了

或许我只是你生命中的配角

但每一次　我都付出了全力

葛生

天刚蒙蒙亮　一群麻雀就窜到我窗前的苹果树上叽喳

说好的早起的鸟儿有虫吃　它们为何

聚集呼啸而不行动

我躲在被子里努力地倾听和辨认

柔软的床垫化作昏黄的泥土

而我峥嵘地竖起来

肌肉中窜出无数枝条

没错　我表现出的一切努力

都是对肉身行为的反抗

它的臃肿与饕餮

都表明越来越趋近于　肥料

植物的养分

而茂盛的地方能够获得翅膀的青睐

真理浮现　睡眠真空一样深邃

呼吸也危险起来

幸好有叽喳　用来唤醒

更用来自启

好吧　起床

抬开她搭在我胸前的手臂

抚摸着她的脸颊

然后轻轻地呼唤她一起醒来　叽喳

这呼唤多么短促和微弱

但有用　我们活不过百年

难以和时间赛跑

但我们可以

多喊几声　叽喳

一起喊几声　叽喳

不哀叹走远的时间

不为可充饥的虫子

只为灵魂的欢乐和细胞的愉悦

采苓

快与慢 松与紧

冷与热

宽阔如江河浩荡 俏皮如蚕头燕尾

有时候 是憋在胸腔里的少年

有时候 是藏于

爱情里的燃烧

经历多少年龄就有多少嫩芽

催生内心的荡漾

伤风和流感也一样美好

我喜欢着那里面的关心和坚强

好人都有好心眼

好季节都是好故事

沙尘暴再大 大不过你的狠话

海棠花再热闹

闹不过你的眼神

国风·秦风

我刚刚三十五岁
却总喜欢去摸孩子的头
这是不是变老的表现

车邻

虽然我没有一双
发动机的脚
但我何时停止过奔跑

虽然我不能
给所有人以帮助
但我何曾停止过祈祷

虽然我只是一条丑陋的泥鳅
可谁能阻止我胸中
大海的波涛

对生活中的每一天都小心地爱着
在每一个甜美的夜晚
都能迅速地睡着

驷骥

一只鸟在树干敲击
引爆地心的引力
它的舌头含着果农的小贪心

寒露降临
成千上万颗苹果　乒乓坠地
微微的酸　点燃

丰厚的天空
而那酸中自有千万条弧光
在金秋的天空燃起马蹄

自由的落体　叩响大地的门环
而隐形的翅膀　自尘埃中
打通千万条道路

秋天是一场呼吸
在那样一个适宜隐遁的时空
我绝不离开半步

秋风终将卷走果实

亦将卷走枝叶

那时　整个世界空茫一片

没有风景的时候

我将携成千上万颗落地的苹果

漫天奔腾

小戒

我恨你　假装的

我讨厌你　假装的

我开心地笑　假装的

我不接你电话　假装的

我爱独自去旅行　假装的

我狂吃辣椒涕泪流　假装的

我每天加班争当模范　假装的

我太累了周末狂睡两天　假装的

我夜夜笙歌在游戏里飙车　假装的

我很坚强我心很硬我无所谓　假装的

我看似多情处处留情处处绝情　假装的

我出家我跳楼我写诗我离家出走　假装的

我

假不了

装不下

的的确确

不想装假

兼莨

我比一杯啤酒更早抵达你的唇
是时候了
在舌尖缠绕已久

用玫瑰的刺蜇你的味蕾
我就要随金色的泡沫
涌进你的心里

听说　当一个人遭遇爱情
她的心脏就会怦怦乱跳
我将去那里见证一次

接近一场心跳
如同接近乌云中的
霹雳

既然你放我进入
我将在你的霹雳中粉身碎骨
然后化成咒语　融入你的气息

你逃不掉了　就这样

两个灵魂　将被焊接在一起

纠缠着　度过余生

终南

四月的风终于不再那么冷峻
核桃树暖暖地
摇晃了一个小时

我张开嘴　深深地吸
再吸　然后静静地感受风
在我体内的吹拂

它带着嫩草味儿　泥土和石头的憨味儿
有点阳光的火星儿
和谁人的烟味儿

它没对我说出什么
它的呜呜声也许是我不懂的语言
大约十秒钟后它消失在我的细胞中

这股灌进体内的风到底没能使我飞起来
也没能刮起我脑中的风暴　但我知道
我的无足轻重终于有了明显的理由

黄鸟

我痴迷于踩着风尖在空中飞翔

不借助翅膀　只需要双手推开空气

身体配合风的流动

虽然那只发生在梦中　却真实而具体

从枝头飞达楼顶

又与鹰并排蹲在电线上　冷漠地思考着人间

也曾飞过云顶　稀薄而冷冽的空气

如同透明的玻璃从脸颊划过

如果稍事休息　就降落于飞翔着的人类的巨大机翼

在梦中　我拥有了飞翔的能力

俯瞰着人间的寸寸山河

体内不断地冒出伏羲的暗语

它们不断地　闪烁着从我的口中喷涌

又在大地上不断地流逝

我的歌声安抚着裸露在外的每根白骨

时间不断后退　历史竟然重演

而我越来越沉　越来越<u>重</u>

终于轰然坠地　摔成一团烟尘

晨风

我爱你
就把你推入
风雨中

我珍惜我自己
就把自己
流放到风雨中

无衣

从天空垂下一只钩子
我抱住它
并随它慢慢升高

尚不知钓我的人要把我清蒸还是慢炖
也许被养在鱼缸或扔进海洋博物馆
当然　如果我未死

也必将脱离惯性的生活
于是我选择了义无反顾地拥紧
内心的光

钩子被我照得金黄
当钩子升至半空
地面的灯火陆续熄灭

无人向上仰望
全都平静地进入了睡眠
从那之后　我再也没回望过大地一眼

渭阳

那个叫王维的诗人其实是个挖井人
你看那个时候
明月照在松间　他就挖到了水

那个叫牛顿的年轻人
其实也在挖井　后来他不挖了
因为苹果里的水被引了出来

我也是挖井人　我在月亮下待过
我在苹果树下待过
我想走一条不同的路

我想从你的心底挖一口井
用力地挖
直到挖出你的脸红

挖出你的眼泪
一直　挖到深处
把自己埋掉

权舆

我刚刚三十五岁
却总喜欢去摸孩子的头
这是不是变老的表现

越来越喜欢青涩　无邪　稚嫩
越来越喜欢
平淡　退步　慢生活

不能去看这粗糙　坚硬的手
它抚摸过
铁锹　刀把　枪支　抚摸过

苍老　病痛　哭泣
如今已显出颓势
它持过笔　也抬过棺材

如今我又喜欢上了　一遍遍地把手
放在自己的心坎上
轻轻抚摸

国风·陈风

在透明的天空下　还有什么正在发生

那些锐利　那么不露痕迹

转瞬就被画笔轻轻地抹掉轮廓

宛丘

清早　我挥舞腰刀
呼　呼　砍在黏稠的空气中
我离不了空气　又埋怨着空气

然而　凭什么我们只能
吸入氧气　避开病毒
我陷入这谜题　躲避劈碎的嘲讽

朋友圈里有人在祈祷　有人在奔赴险地
你凝视天空时
天空也在看着你

爱你的人用埋怨劈你
我也像你吧　竟不知天空那么薄
感动那么浅　轻易就劈出血和泪

东门之枌

你有一百种不屑

我有一万种荒凉

相爱何必那么深

两千公里太恐怖

二十公分足矣

让呼吸勾到呼吸　手指勾到发丝

即便那个拍案而起的巨人

正把太阳这个灼热的铁饼掷出银河系

那又如何

它已经飞出了很远

正在抛物线的弧度上做着加速运动

那又如何

衡门

我听见一滴雨在云团中撞来撞去
我听见一只蜜蜂把头扎进花蕊
还不忘半伸出尾针

簌簌 清晰声如灰尘落向地面
阳光撒下一桶
燕子撞不碎碧蓝的空气

抱着鲜花的男孩 接不住
从楼顶落向湖面的手机
以及手表 腰带 戒指

在透明的天空下 还有什么正在发生
那些锐利 那么不露痕迹
转瞬就被画笔轻轻地抹掉轮廓

东门之池

善良的人

创造一个

注定失败的国度

樱花四季不落

村庄

没有拆迁

爱上素未谋面的人有何不可

对于现实　我们无数次试图原谅

失望却更加浓重

游戏的人

施一种法术

含笑吞剧毒

东门之杨

我最怕听到那个声音
说　求你
赦我一死

传说中人面马身的人
宙斯赐他永远不死
却有一支箭在体内发炎

永恒被钉上痛苦
死亡
弥足珍贵

为什么蜡烛会燃烧
荆棘鸟要扑向尖刺
为什么　我只求你的爱

墓门

昨夜梦中　我于河中捞出一条大鱼
它忽然开口说话　说自己
已经五百岁　前生是公牛

我震惊于它能够圈禁所有的记忆
更迭的朝代
甚至有些拥挤

而我此生单调臃肿
浑浑噩噩　枕头翩翩欲飞
床和书柜东倒西歪

一场地震猝然爆发于将醒未醒之际
一片花瓣为一只蚂蚁
举办了一场葬礼

防有鹊巢

一首诗　我写下它

然后划掉　然后忘记

多美

一个人

我爱她　然后划掉

然后忘记　多难

不如买醉　孤独一人

哭　笑

安坐暴雨中

不如唱和　来与我相伴者

不是敌人　就是

故旧

月出

肥美的夜晚　紫蓬山的磁铁

与云朵和岩石　清霜和碎浪

达成某种和谐

我必须酝酿一首诗

从身体的水浪拽出河流

从肥南的山野拽出石头

从包拯　李鸿章　胡雪岩　刘铭传的火海中

拽出金属　拽出盐巴

塑好诗的骨与肉

之后就勇敢地说

作为一个闯进安徽的　异乡的野兽

已将肥西的诗意取走

闻这里的气味

重复这里的喘息

替换这里草地的茸毛

如果纠缠看得见

我将变作扭曲的藤蔓

一阵风吹拂紫蓬山山脊

这被圈禁的花园

闪动着朋友的好肝胆

看　一轮硕大的月亮正挂在天上

株林

一朵花便是一座吉祥城堡

里面住过缠绕的心 和小小的吸盘

住过追命的穷人

等果实崩开

叶子全都枯萎

最后的幻想也被大风吹成了粉末

它还撕咬着

墙体

坚持不松手

泽陂

女孩让我看着她的眼睛
然后问我
看见了什么

看见了柔情和爱慕
看见了坚定和承诺
看见了担忧和期许

错　我的眼中只有一个人
她说　一个人就是她的全部
后来我总习惯性地看别人的眼睛

看见过大海　看见过落日
见过相信　见过坚持
但那些事物里面真的还有一个我

于是我感觉我的影响在扩大
我用我的眼光
在各个地方立下界碑

国风·桧风

天堂有一双毒辣的眼睛

人们用石头驱赶着乌鸦

却敲锣打鼓地欢迎天堂的来临

羔裘

我的体内仍有一个空当
如果我是个不幸的人
将永远无人替我补上

业火燃身时
我喝下数不清的水　借以填补
月明星稀　我喝下无数黑暗　借以融合

小子　拆下来的将用自己的骨头补上
你终于拥有了
怜悯自己的资格

小子　先学会舍弃
用己身去完美彼身
你终于拥有了去爱对方的　资格

素冠

这个冬天　我掉了一颗牙

舌头的栅栏头一次出现破洞

肚里的牢骚估计也越来越容易溢水

肚子里的光明早习惯了漆黑的温暖

今日起是否就要迎来第一丝风的气息

还好我不是那种需要靠撕咬而生存的动物

但这仅是暂时的安慰

恰如孔子对礼崩乐坏的恐惧

恰如从一把掉落的头发中所嗅到的危险

从一片金黄的秋叶中

从一群群人移往他国的新闻中

是的　时间的战役迎来转折

骄傲的将领不得不接受一次次挫败

夜深时　那认命了多年的舌头

悄悄蠕动着　舔舐着这苍茫的空位

隐有苦楚

一尊未完成的佛像　坐在广场上
这不会持续太久
石匠会继续将它完成

面对一尊未完成的
佛像　片刻　命运能否到此为止
我是未完成的　世界也尚未完成

时间
也是半成品
被完成的部分何等璀璨华丽　刀与斧　凿与锤

叮叮的声音有人听得到　有人听不到
谁能坐在不远的凳子上　看着自己对自己下刀
直到自己将自己凿穿

匪风

乌鸦聚集在树上　它们提前闻到了死味儿

乌鸦有一双毒辣的眼睛

它们能看到天堂打开

天堂有一双毒辣的眼睛

人们用石头驱赶着乌鸦

却敲锣打鼓地欢迎天堂的来临

某一天　有只鸟

悄悄地跟你说　跟我走吧

你该知道是你纵身的时候了

它是来

收缴你体内的

最后一滴黑暗的

国风·曹风

赶路人不再走进阳光中

他被一棵树的阴影

紧紧地缠绕

缠绕他的

不是阴谋　不是魔幻

是身体的甘愿

蜉蝣

在山间沙路遇到一个牛蹄的浅坑
大雨过后
它里面的水竟然存了下来

污泥都已沉底
清汪汪的水面
只有一只小虫子在漂浮

我忍不住跪下
弹开小虫
然后伏下头吮吸了一大口

有三十年没这样喝过水了
我的父亲说过　这种水安全
可以喝

你要认准
每一种可以澄清的
事物

就像我还要认出

被我砍倒的

每一棵树留下的树桩

以及它们钻出的新的嫩条

或者被我栽下的

新的树枝

那些木料有的用来加固了我的房子

有的编制了拦住牛羊的圈

而我的儿子　很快就被生了出来

候人

发动汽车　对　我们这个时代称其为汽车

驶上高速　对　我们这个时代称其为高速

赶往机场　对　飞机比汽车更快

去参观火箭发射　它要奔赴一个荒凉的星球

对　我们想让那个星球快起来

你不好奇吗　那个瞬间　脱离视野的箭体带走了什么

又将　带回什么

当一种失重感弥漫我的大脑　对　我将彻底地

从你们的视野中消失　乘着　时光的电梯

鸬鸪

在炎热暴烈的夏日
终于被我捕捉到
一块树荫

在那里坐下来
一片树荫成为这个世界上最珍贵之物
我不想离开它

甚至幻想
随它叶间漏下的光斑的移动
慢慢老去

我捧起一片盖在我的头顶
再捧起一片盖在我的腰间
然后沉沉睡去

现在　我是小说的
一个章节
我的一举一动都代表了太多心理的变化

赶路人不再走进阳光中

他被一棵树的阴影

紧紧地缠绕

缠绕他的

不是阴谋　不是魔幻

是身体的甘愿

下泉

独自驱车赶往机场　那巨大的铁鸟隐隐抬起头
它看见我的车灯正拨开傍晚的薄雾
艰难地爬行在路面上

黑暗像一张落下的网
当我从那些细小的网眼游进游出
身上闪烁侥幸的磷光

显然我没有意识到　那巨大的山之外
是云的巨浪　云之外
还有巨大的苍穹将我笼罩

没有谁能带离我们
想象
以及苦苦的追索

无非为了让我们更为安心地
埋首于此　于此时
默默地虚构着宇宙的荒凉

国风·豳风

秋末来了一阵甜言蜜语的东风
把苹果树的皮
吹软了
听故事的树
进入了故事

七月

对于让自己悲恸的死者　祈念他升入天堂
对于让自己痛恨的活人　诅咒他堕入地狱
上升或坠落　多么重要

让我为这句话鼓掌
在时光中碰撞双唇
在空气中举出立场的旗帜

生活有无力抵达的边界
泪水穿透尘埃　刽子手穿透魔镜
一切无意义的行为都是不道德的

风　白纸
或认罪书
请不要颤抖

鸱鹗

在一间巨大的黑屋子里
我戴上一只猩猩脸的面具
我需要身体中多出一些动物的胆识

黑屋子是一片森林
今夜将有加缪和哥白尼
出来寻找食物

现在黑空气中
尚没有酒精味儿
只有风晃来晃去

我理了发　换了新衣服
在人群中不敢伪装　真像魔法
单独的时候我却想要戴上面具

也许窗外的时钟敲响
我会把黑屋子凿出一个洞
然后变成老鼠

也许老鼠就是我在黑暗中的样子

没有目的　不顾着装

自言自语　四仰八叉

在人群中待久了

会想念自己

非人的状态

东山

未来那么近　在晦暗而剧烈动荡的夜色中
蹒跚着腿去摸索按钮的人
一觉醒来将重回少年

当我启动汽车　奔向高速公路
所有的车辆都在与我逆向而行
但我知道他们的方向　错了

惯性思维在身体里瑟瑟发抖　血色羽毛
在飞驰的管道中
变成飞镖

深埋在看不见的囚笼里的
预言　惧怕之物和尖叫
如同光亮　总被凶残的黑暗围剿

破斧

阳光穿过圆窗照在她的手上
这使她的手指
看上去更加白皙

而她正歪着头靠在椅子上呼呼大睡
浑然不知自己
正被太阳悄悄地改造

飞机还要继续飞行一个小时
阳光将顺着她的手指一直挪到她的脸部
像激光扫描一个来客

我就坐在她旁边
坐在她旁边的每一寸黑暗中
坐在她的梦的边缘

和她难得在一起的两个小时
在那个飞行的机舱的腹部
容纳两百个头脑的运动小剧场

我有机会像欣赏艺术品一样

放肆地将她看遍

然后悄悄地　和她走入共同的终点

伐柯

有关于这具身体
咚
声音从耳朵冲入 咚

吞咽食物 咚
砸进胃中 咚
眼睛与记忆的存储

以及冲入体内的
精液与荷尔蒙
咚咚咚

心脏跳舞 咚
血管收缩 咚
指甲插进肉里 咚

失眠叫醒黑夜 咚
逃走就不要再回来
回来就不要再逃走

咚咚咚

爬至楼顶了 咚

踩到水坑了 咚

九戥

秋末来了一阵甜言蜜语的东风
把苹果树的皮
吹软了

听故事的树
进入了故事
对着寒冷的明月又吼又叫

苹果树的眼睛颤动着
浑身的毛孔
冒着火花

当来往的行人用眼睛舔它的脸颊
它更为高兴得意
它终于酝酿了小果儿

像生出了一群孩子
它给它们想好了名字　缝制了衣衫
心却越来越沉

这混乱的生理结构

这罪孽

秋天生出的一切　就快夭折

狼跋

夕阳在眼镜下流淌鲜血
当它的血流干　黑夜就来了
烟卷噬咬涅墨西斯隐蔽的仇恨

一只鸟轻易飞回远古
我见到从未见过的星光
我听到先祖　在路的尽头轻轻叹

缓慢让人无法忍受
新的一天并不急于来临
孕育　孕育　神启　神启

小雅·鹿鸣之什

何以把最多的笑脸给了客户

最多的希望给予队友

把慈悲给予贫困者

时间给予跟金钱有关的事物

把未来给予孩子

把快乐给予面具

身体给予药片

忏悔给予教会

鹿鸣

每次双脚落于地面　我都感觉
像是自己的尾鳍
甩在了一头巨鲸的脊背上

而日升月落　这蓝色的大海始终沉睡
没一丝涟漪
它是否已将我抛弃

不仅大海
还有使我四处奔走的午夜
忍心见我发疯地寻找

心脏踢碎玻璃窗　爱我的女人
如今也形同陌路
不仅瘟疫　还有使我隔绝的惊恐

失眠的痛楚　比用额头撞击墙壁更甚
你以为我平静地活着
实则在暗处享受对自己的粗鲁

不能洞悉命运的真相　你将如我

头破血流

半生残破

而我只会哀嚎　忏悔

污秽的我能否塑此身

自我灵魂的故乡　绽起璀璨的烟火

四牡

大风裹挟着黄沙滚滚而来
嫩绿而平静的春日　忽然漂浮在黄泉的河床上
锤碎骨头的黑铁就要飞起来了

飞在飞中失重
一贯被称为勇敢之物
双眼也会蒙在双手之下

我尝试制止它的乱撞
伸出的手骨立刻被撞成粉末
黑在黑中瑟瑟发抖

我们不必把那听成嚣张的淫笑
揣度正在败给揣度的
肿瘤

那么在低处蜷缩的我　在人类中处于
什么位置　当我斗志昂扬地走完一生
我所热爱的全部　可会失去

皇皇者华

他是黑夜的卧底

静静地等待白昼的消逝

昨夜　大雪覆盖

银光在山谷闪耀

他有些不高兴

世事常不如意

反对一切强加于黑夜的亮光

反对灯盏　星月

反对波纹　悄悄闪现的匕首

反对转基因　致幻的毒药

反对篡改

指黑为白

他站在镜子前

温柔地看着镜中的黑眼珠　黑头发

这身体中渗出的特征仍然纯粹

还没有因毒发而笼上白雾

他忧虑地躺在床上沉沉地睡去

梦见自己打马上了梁山

常棣

假如我可以原谅敌人
为什么我不能
原谅亲人

假如我可以原谅欺骗过我的人
我何以不能
原谅爱人

何以把最多的笑脸
给了客户　最多的希望
给予队友　把慈悲

给予贫困者　时间
给予跟金钱有关的事物
把未来　给予孩子

把快乐　给予面具
身体　给予药片
忏悔　给予教会

原来这世上　没有一件事值得我满足

所获得的事物

也没有一件值得我珍爱

故　我变得如此慷慨

在我的身上　更没有真正的快乐

也没有真正的痛苦

我坚决不在镜子面前仔细地看看自己

正如我　也从未敢

真正地看过大海和星空

伐木

思考 如果是上帝赐予人类的
谁有权力
将其剥夺

你 如果是上帝塑造的唯一
谁有权利
将你剥夺

文字 是人类沟通上帝的钥匙
在人间
仍有人将其剥夺

愤怒 是人类拨通上帝的号码
很可惜 你的愤怒
也必须被剥夺

允许你欺瞒内心
隐瞒自己的罪行 你如此倔强
上帝将不会在下一个轮回生下你

天保

晾干的佛手　它的香气

炙烤着我

翻滚的心难以安静

何时褪下一层蛇皮　母语

新鲜了　去除掩饰和伪装

像孙猴子般跳上空空云朵

我背着手溜达

写作　何尝不是一场灾难

看似平静的房间　却有一只失控的钟表

采薇

从一幅画中我看见危机

然而此刻

世界多么平静

在东京国立现代美术馆　灯光打亮的部分

还有观众的窃窃低语

都仿佛有奥秘被发现　只是无人大声地说出来

在日本观看来自中国的唐宋画展

中途我有两次掩面哭泣

拿起记事本　记录下此时的心情

如同在寒风中默等梅花盛开

有时我在行走中嘶吼　一个时代与家国的奥秘

那么庞大　那么令人胆战心惊

我又有一些小确幸　我们的生活

至少不会在几百年后被悬挂起来展览

被一语道尽

出车

院子里的灰喜鹊从最早的一两只扩编到十几只

大杨树的生长明显慢了下来

叶子却越来越密

我也不敢再坐在树下的秋千上摇晃

不愿衣服上落下它们的便便

它们拥有翅膀却不远游

每天在这一片领地翻飞打闹

或孕育更多的宝宝

一场瘟疫闹得人类心惊胆战

对于这些　它们毫不在意

我想哪怕我不再过来纳凉

它们大概也不会关心我的行踪

我这个孤独的人类

之所以每天来这儿

只因我对它们充满羡慕并抱有不切实际的幻想

特别希望从它们的身上获得点儿什么

那些渗进我的骨缝 钻进我的心尖的

神秘之物

枞杜

阳光收拢翅膀　燕子拖来黑夜

仰望苍穹　天一下子暗下来

星月皆无　空蒙一片

孤独低下头颅

悲咽随风逝去

孑然独行

天一下子暗下来

钟声四处回响

风衣紧裹煤块　石头与烈酒碰撞

双手合十　默默祈祷

天一下子暗下来

火焰追逐着海浪

鱼丽

那里有陌生人吗

约他和我一起去画画

画下春天的花蕾　孩子的泡泡

画　四个挤在一起的少年　春夏秋冬

从现在起　我将像马戏团里报幕的小丑

鼓掌吧　春　一会儿将有意想不到的快乐

再见了　冬

虽然你徘徊　委屈　恋恋不舍

毕竟你要路过欧洲回老家——北极

这里留着你熟悉的生活证明亲情的存在

夏　你流泪吗　饥饿吗　上火吗　输液吗

就因为你是它们里惟一的女孩

我还是用花朵缝缀你　用蝴蝶诱惑你

用花裙子包裹你

从你的生　到你的死

爱　恨　思念　抉择　还有那些时间

别离　病痛　比黄连还苦的孤独

画着　画着

你们的眼泪就会长成苹果

长成丰沛的果园　温暖　舒适

甚至有着对苦难惊人的包容

有人死过　又活了

再死过　再无所谓死活

陌生人　此时请你低下头

赦免劣迹斑斑的过去

并细看自己内心的洞

别回避那洞中的回声

它们　比月　亮

比阳　光

比黑　暗

太多时候我们都活得像筛子

挑剔着这个世界

漏出去的都是　罪过

南陔

她不爱你 不爱世界
只爱沙发

不像麻雀
爱树叶 也爱光秃秃的树杈

风一直笑 有个大豁牙
它爱房檐
总是呜呜地啃

也爱窗玻璃 总是呼呼地扑

白华

深夜　一辆救护车呼啸着掠过窗口
来不及救助的
还有一株植物的蓓蕾

精心培育了一个春天
却被女儿轻轻地掐掉
凡从希望诞生的便胜过失望

我愿为它输血
来一次换心手术
当风从混乱的历史流动到黎明的断崖

我分明看见救护车的尾灯上
悬挂着
命运的绳索

然而　我正被一枚钉子
揳进生锈的骨头
瘫痪的生命　只能在阴暗里预谋

或对着街道　邪恶地撇撇嘴角

把羞耻扔到油里

任内心的汤池翻滚

忍受吧

请不要抚摸我的伤口

你来　就为我注射一支麻醉剂

华黍

那天我得到一幅美丽的人体油画
举着它寻找我的汽车的时候
街上的行人纷纷向我看来

我突然有点握不住画框
并下意识地想把自己的上衣
往下盖一盖

艺术的胆魄
至今也没把我思想中的障碍
拿掉

小雅·南有嘉鱼之什

我有一个独特的名字

在七十亿人群中

我是特别的

我长了一副中国人的身子骨

因此我愿意为中国

奉献一生

南有嘉鱼

老妈一早打来电话
兴奋地告诉我
檐头的燕子今天试飞

一大群各色的小鸟一起来围着燕子飞行
中心是大燕护着小燕盘旋
喜鹊站在房脊喳喳地叫着观礼

就连家里的几只鸡
也跑出来仰望
我赶忙去查黄历

2020 年 7 月 1 日 农历五月十一
宜 求嗣 嫁娶 纳采 合帐 裁衣 冠笄 伐木 作梁 修造 动土
    起基 竖柱 上梁 安门 作灶 筑堤 造畜稠
那时 我的内心突然充满了庄严与满足

老妈激动地用手机录下了这场盛大的仪式
她尚不知 今天她为我带来了漫天翅膀
一直一直 托着我在天空盘旋往复

南山有台

人类放了很多颗卫星

他们想从高处看看

把人类豢养在地球的家伙是谁

结果那个家伙好像已经

把地球这件玩具遗忘了

到现在还没出现

我们不怕他将我们遗忘

反而害怕他哪天将我们

记起

祈祷吧　祈祷吧

祈求他的神

已经将他度化

我们争先恐后地去看贴在墙壁上的寻神启示

谁都没在意那个倚在电线杆前眨巴眼睛的

憨憨少年

由庚

阳光在努力地把身体挤进室内　玻璃挡得住风
却挡不住阳光
像我挡得住流言　却挡不住真爱

我相信某种坚持　带有温度
和愉悦的因子
暴虐的人也平静下来与内心和解

我甚至羡慕过汽化的身体
自大地的毛孔中一点点升腾
多的时候是雾　少的时候是飘过你耳边的一句暗语

我是透明的
只愿不断地被你
穿透

崇丘

请原谅我说出越来越少的话

写出越来越少的字

你了解我　知道我在什么时候沉默

当我突然完成自己

将不再孤独

不再恐惧

那时候只会嘲笑自己

怎能在后退时想到爱

怎能在爱时想到绝望

怎能

一爱再爱

望来望去

由仪

不想起床　就看着阳光
一寸寸地挪进室内
就看着麻雀在窗前一边叫着一边扑打

梦里的残酷事儿也不愿再想起
如果就这样静静地死去也是美的
谁也不惊扰　谁也不哀伤

有太多的事物再不需入眼
挤进窗的除了阳光只有蓝天
除了有翅膀的东西只有呜呜的风

蓼萧

我有一个独特的名字
在七十亿人群中
我是特别的

我长了一副中国人的身子骨
因此我愿意为中国
奉献一生

还好我没有生在别的国家
这样我就理所当然地
不去为别的国家奉献一生

还好我没有生在别的时代
我也不必为
其他时代奉献一生

还好我没有生在别的星球
否则我将
不会为地球奉献一生

湛露

看啊　白鹭降落在厚厚的冰面
它用嘴一下下地试探着冰层下
红色鲤鱼的影子

冬季要到二月结束　天使
要在最冷的时候把冻住的星星
砸碎　并送往地球

如果没雪就不完美了
等待的人听不见你踏雪而来时
咯吱咯吱的声响

那时你要唱歌　声音尽量大
能让屋里熟睡的我
听见

彤弓

清晨　一群麻雀惊恐又愤怒地聚集到苹果树上
原来是一只猫撕碎了它们瓦片里的小巢
草叶和各种羽毛编织的房子七零八落

我四处寻找　可恶
不见一颗散落的鸟蛋
也没有一只光腚的唧唧小鸟

真的没法向好处想　这些忙碌的麻雀每天
兴奋地掠食又迅速归来
必有一些张大嘴饥渴难耐的小儿

可我又能怎样　暴力　权利
想这些麻雀　估计也和我一样
曾反省过　何曾做过几多恶事

而老老实实苟且偷安尚不可得
却也只能收拾破碎的心
重头来过

还好昨天预报的大雨没有了

阳光钻出云层

风也过来　安抚着万物

菁菁者莪

走在热闹的大理街头

我忽然想大声唱一首

颓废到似被倒掉的米汤一样酸臭的歌

凉爽的夜晚

街边小店是一片片被揭掉的鱼鳞

看上去哀伤又闪光

女孩贴着男孩观览一家家店铺

夜晚被他们搅动得黏稠

洱海下了一场透雨

苍山刮起一股大风

流连异乡的人忍不住闭上眼睛

爱情在年轻的草地走失

白雪就要把迷失的灵魂埋到骨头里

哦　啤酒瓶的空洞盛不下我

吉他的音乐　昼夜不停

六月

每个清晨都有一只鸟来我的窗前婉转啼叫

天刚蒙蒙亮 它就开始

吵得我睡不着

最初还觉得它很美

当明了了它啼叫的秘密

我的心立刻和它对立起来

以致越来越讨厌鸟叫

甚至波及虫声 蛙声 蟋蟀声

还好没到暑期 蝉鸣令人心烦意乱

我们自以为霸占了世界

却不知继承的是一座愤怒的地狱

我们全部的努力都不过是在向最深的底部滑落

你看那不出声的 还有蚂蚁

匆忙地向下挖着洞穴

嘲笑我们吧 无数的事物张着翅膀

张着喉咙　喊着号子
一起拖拽这个世界
一起掩埋人类的权杖

采苣

打开电冰箱取出一罐冰镇啤酒

我不敢一饮而尽　会造成身体的雪崩

她说夏日是严酷的

这是自燃女　火凤凰的地盘

我们所有化身为雪的冲动

都是徒劳

对这个世界全部的对抗结局基本如此

她说　狂怒者　我来抚摸你的头

我来熄灭你　接你回归平静的世界

或许　爱是一种理由　失望是种理由

她已将我的衣服全部洗好　并整齐地折叠在一起

然后静静地等待我的抉择

就在我掏空这个房间中的氧气的时候

剧烈挣扎的　还有我的颤抖并鼓起的静脉

一只风扇替谁摇着头　喃喃地左右着风的耳朵

车攻

听到阳光穿透玻璃落到白床单上
的声音
是非常美好的事

莫论身心能破损到什么样
打开窗帘
风的骏马已在窗外踏蹄

常常幻想身体
比远处的山丘更精壮
记忆　也有穿越时空的力量

坚持醒着　但愿人事长久
而此时天空
与我如此贴近

它宏阔的呼吸　在我的体内
隆隆回响
将我震得摇摇欲坠

吉日

忽然间　黑夜如同突然展开的花瓣
那花骨朵中的全部香气
一下子散溢出来

而人类和众多动物
寄居在
这朵花的城堡

此刻　与地球的盛开一起
被阳光加了冕
今日　谁是这美丽花朵中的明星

你听　已有神凭着蝴蝶一样
的嗅觉
扇着翅膀赶来

而谁尚在被窝里打着鼾
他正在梦中
对神轻轻地祈念

小雅·鸿雁之什

不知从什么时候起　人们爱上了轻的事物

是卡尔维诺所预言的时代来临了吗

到处都是短的欢乐

浅的批判　小的悲伤

鸿雁

什么能厚过雪
爱　不能
失望　不能

也许悲伤可以
尤其在夜晚
随着黑的染色体一张张下沉

直到积满整个大地
把全世界变成
一本大书

而我　慌张地
穿过每一行每一页
到处都写着　沉默

庭燎

在梦中　我给我设计了
波澜壮阔的一生
直到那个我平静地死去

我躺在床上　与梦中的姿势一样
能清楚地感知自己的死
而梦并未结束　然后开始死的戏剧

我死在梦中并未觉得我在梦中
我告诉我　这具身体
死了　却还在拖着时间前行

除非我将我完全遗忘
而我怎能忘记　当我醒来
立刻记录了我的全部

看　此时
梦中的我完全
活进了现实

污水

已经过世的人突然
出现在梦中
那么真实

他真的离去了吗
为何还停留在
我的感受里

而有活着的人
在我的梦中死去了
我为他悲伤过

明天见他时
我是否
应该继续悲伤

太多事不由自己掌控
生活啊
有太多意想不到的　得到或失去

当我明了

太多事　一一相抵后

我依然处于命运的原点

鹤鸣

我有时候爱你

有时候不爱你

我总问自己为什么不能全都是爱

永远爱

而不是跳跃着爱

或阶段地爱

我是个不忠者

只能这样沮丧地为自己定义

谁是永恒的　谁来救救我

祈父

一个人突然得了脑出血

一个人突然得了癌症

一个人

突然被车撞倒

一个人

打麻将时突然咽了气

一个人　突然想哭

一个人突然不哭

一个人突然想笑

一个人　突然不笑

白驹

昨天老家的亲戚告诉我　我的马生了马驹
今晚在梦中我就见到了它
一身灰白色的短毛　一双透亮黝黑的大眼

而当我醒来　梳洗完毕
简单用餐后　跨上它的脊背
它已经出落成一只神俊的异兽

或许我已老了　窗外的汽车好久没有发动
我抚摸它　我必须爱它
它了解我全部的黑暗和欲望

但它并不知
我在何时
悄悄地将自己驯服

黄鸟

不知从什么时候起　人们爱上了轻的事物
是卡尔维诺所预言的时代来临了吗
到处都是短的欢乐

浅的批判　小的悲伤
当我在时间之内
同时我也在时间之外

我和别人一样　看上去和善美丽
面罩之下的表情不敢轻易显露
嘴已不是嘴

在大脑的监控下
不敢说一句真话
谎言成为保护自己的最强武装

我在场域之内
同时我也在场域之外
我说出的话　表达的爱浅尝辄止

我尝到的恨　受到的痛

不足以断肠　当我想表达自己

便立刻被表达的想法击毙

我行其野

知了开始鸣叫的那个夜晚

我在街角的青砖墙和老槐树的枝杈间

织了一张大大的网

我用我全部的能量变成丝线

微风穿过我的身体

迎风低吟

这个夏季

我和天空在一起

接纳流浪的飞蛾的翅膀

尽管我的身体

不能和飞蛾的翅膀融为一体

不能和飞翔的心融为一体

但是我抚摸过风的肌肤

抚摸过雨的感动

也抚摸过阳光的心跳

在夏日的某处我结一张网

等待自投罗网的猎物

带着懵懂的撞击

我的疼痛

像珍珠项链上的轻轻的划痕

但我不敢把你包裹　紧紧束缚

我的萌生

有几缕灰色

几缕火焰

在暴烈的阳光下

往往被你的挣扎挣破

远远看去　千疮百孔

斯干

是谁穿过我　而没有带来重量
是谁倾听我　而没有任何回答
是谁包裹我

而我不敢裸体
是谁愤然走远
而我完全不知

有时候是无奈
更多时候是
无助

我们都说了太多无用的词
做了太多
善良的蠢事

无羊

金黄的阳光经常趴在云朵上
更多时候　它都趴在红砖墙上
清晨　它选择趴在小学生的书包上

今天　阳光被赶到远处
雾霾趴在阳光趴过的地方晒太阳
像一只慵懒的肥猪

今天　迎接新娘的车队走失
人们像鸟一样认不出彼此
孩子们读不出一首诗

小雅·节南山之什

爱也同样具有传染性　我们都这样想
但它有斗不过的东西
有时是一个职位　一点钱财
有时是一瓢水　一块面包
有时是嫉妒心　有时是过于爱

节南山

犹如镜子被石块击中
你成功地让我失声
我曾反抗　也曾顺从

直至我　撤销全部控诉
我不祈祷　也不哀求
直至我　将大雪全都塞进自己的肚子

将心养硬的是冬天的冷
将水熬干的是
无米的锅

干净的月亮已经消失
阴沉沉的傍晚
就要渗出血来

正月

即便你不说话　用沉默讨来暂时的掌声
时间也必会抹去你
在那个迫切需要声音的年代
你试图用你的假装蒙混过关

风雨中　淹没不了的只有雷鸣
埋伏起来的枪手啊
诗句里就差你的扳机
领奖台上　就差你的手雷

十月之交

犹如电流涌过
寂然无声
直到某时有人惊声尖叫

犹如镜子照处
万物不觉
多少沉默和冷笑已然划过

犹如时间飞逝
你已爱她半生
还从未向她表白

年少的孩子　已经笑我们老旧
住过的房子　面临再次拆迁
想趁年轻驾车长游　趁未老修一菜地

但这一切犹如痴人冥顽
功未成　业未竟
你还需继续战斗　慰藉这千里河山

雨无正

何以内心不安　因为病毒总藏于人群

何以相互隔离　而病毒并非藏于所有人群

爱也同样具有传染性　我们都这样想

但它有斗不过的东西

有时是一个职位　一点钱财

有时是一瓢水　一块面包

有时是嫉妒心　有时是过于爱

于是我说病毒　对于某些事物或许是一种提醒

比如肆无忌惮的事　太过快速的事

过于亲密也不好

这些东西容易病变

假如说爱情和食物　最终我会选择爱情

背叛与死亡　最终我会选择就死

这些毒我愿意接受

我感受到了病毒的暗示

它想表达我们尚未意识到的东西

我们需要静下来

耐心地聆听

正如我们曾经

领悟过佛陀的微笑

我们也该正视 魔王的怒火

小旻

刚刚经历了寒潮　一股热浪又席卷了各国
是旷世大火般熊熊的质问没有得到回答
才不惜借助气象的拍案而起和瘟疫的窃窃暗语吗

要多少滴雨才能成就一朵云
我的汽车的玻璃窗没有落下来
就不急着回答你这样的问题

你流泪天空也流泪　那是水对水的回应
泪流干后　你将不再惧怕雷雨
烈火也将从你的身体撤离

小宛

刚刚 一场暴雨
夹杂着冰雹骤然降临
似乎它看不惯荒草之荒

刚刚 一个诗人自高楼跃下
似乎 他看不惯
这人世之荒 空荡荡

只剩下 苟且之人
此时 大风又一次刮过
露出星光的草根

为什么说孤独是可耻的
因为内心的荒草
胆怯又卑鄙

它要四处蔓延
联合更多荒草
把秋天变荒芜

小弁

每一棵树都是一枚图钉

天空这个巨大的毛毯

就是这样被它们 牢牢地钉在了地面

我把文字也当成了图钉

它们只负责钉住那些容易被遗忘的东西

备忘录 或者便笺纸

我把星星也当成了图钉

它们是高远的

一直往我的灵魂深处楔

我也把爱情

把理想当成图钉

只是从未把自己当成图钉

其实我一直牢牢地

守在原地

至今没有丝毫进步

巧言

当我翻开墙角的废木板

看到里面聚集了一大堆柳絮

它们在密谋造反还是在躲避春天

那个阴暗潮湿

底下是坚硬的水泥的地方

根本扎不下任何思想的根

能够在这座城市为所欲为的不是人类

不是花鸟

而是水泥

何人斯

米兰大教堂广场　三个中国人在玩扑克牌

他们在与圣母打擂

人群　纷纷被收进栏杆

未来充满偶然

一种组合　与另一种组合

如此不同

排列　生命不存在单一的想法

算计　一把烂牌能否打出花样

人们确信　冥冥中

有一种分配

怀有巨大的公平

每一张牌　都等着进入各自的使命

孩提时　我们把打牌当作游戏

终于有一天

懂了大王确有惨死的悲哀

打牌的人模仿上帝

每天恭送自己

进入被命运惩戒的陡路

巷伯

一个深夜　我的车正要驶入山前大道

突然从野地里

跑出一个黑影

相隔很远　我竟然能感到他的张皇

我赶紧把车停下　摇下窗

示意他向我快跑

暗中的恐怖之物凝成团跟在他的后面

我有一丝害怕

却不忍心弃他而去

有时候我不知勇气何在

此时我更惧怕勇气消失

在黑暗中　尚有一道车灯

替我驱逐蜂拥而来的事物

而回想那个夜晚　我大概是借了车灯的余威

才顺手管了件闲事儿

小雅·谷风之什

我想撑把伞
出去帮帮那个如我之人
但我终于 还是否定了自己的臆测
而未有行动 如果有人他早就该飞奔而去了吧
从那以后 我找过无数类似的理由为自己开脱
我的理由也越来越理所当然

谷风

当我把你的谎言当真
一只夜的动物在午夜将我唤醒
它说　你醒醒吧　春天尚未解冻

我对我所不能抵达之处充满沮丧
鼾声仍在脑海中溜达
心就要跳出喉咙

而想你是我每日必做的功课
我是一个多么容易满足的人啊
你只要假装多爱我一点　我就能多睡上一刻

蓼莪

他感觉耻辱
身边并不曾有人
为爱义无反顾

活在一群精于算计的人中
时间不具有永恒性
他在凛冽的风雪中哭了十分钟

然后便动摇了自己的判断
借口接踵而至
与永恒之爱擦肩而过

他问
有必要吗
惯常的回答必然是　何必

那就是他
无关乎等候
未来不可测度

记否　彼此深深信赖的时光

毫无保留地给予

可是　他并不懂永恒之爱永远在

只不过有时会变成另一种形式

感情远未成熟

岁月却将其推向枝头

青青果子

突然认了冥冥宿命

然后在痛哭后强颜欢笑

在欢笑后表示无所谓

在无所谓后计算时间的成本

然后借口爱的付出也有保质期

唉　还没有爱得通透

已学会说

有必要吗

何必

这正是他

那个悲哀而不懂真爱的自己

大东

将自己与世隔离的第二十一天
我终于像一粒沙子
回到了山崖　不再为谁低头

也不再为谁悲恸
我洗掉肉身
并感觉时间已经停止引领万物

原来一个人真的可以弄懂孤独　并安于贫困
两眼空空　两手荡荡
整个大地只有一个人的时候　我就是整个大地

被病毒恐吓的苍天并不高于荒草
今夜　北风趁机南下
将所有叫嚣的东西都扔进黄河

我把身体悬挂在安静的洞穴
独自抱着肩膀
隔离光线

四月

有一个词叫万艳同悲
那么蝴蝶或麻雀可不可以快乐
多米诺骨牌的游戏

因一张牌而全部倒地
数字与秩序　恰如命中的因与果
多年后　我终于学会爱世界胜于爱自己

弄明白走出房间去透透气
指的其实是去亲近一下风　花草　鸟叫
和向毛孔里钻的阳光

我有一份拍照片后发朋友圈的小心情
还保有在山顶大喊大叫的小活泼
在我的悲伤遗失时

身体常找补给我这些小养料
那么，在我幽幽地转回家时
你是否愿意　用快乐的责备埋怨晚归的我

北山

汽车欢快地弹着蹄子

之后呜嗷一声蹿到马路上飞奔起来

仿佛前面的城市里有一堆鲜嫩的草料在等着它

唉　我无奈地叹气

你的美食不是我的　而我已无勇气跳车

只好扯出几首布罗茨基的诗歌扔进嘴里

幸好它们还能给我些糖味儿

让我的舌头不至于因为无聊

对那些被捧为大师的二流家伙破口大骂

不过我还得问一句　哥们你确定

什么武器都不带　就这么裸露着身体

大摇大摆地进城

有什么必要呢

最终必然被无数人骂精神病

甚至被乱棍赶走

好吧 既然你如此兴奋
就祝愿你能够
点燃愤怒 永不妥协

做一个此世的刽子手
而我这个温顺的人
也顺便成为你的帮凶

无将大车

暴雨中椿树和海棠猛烈地摇晃

想晃掉叶上的水珠

树下不知是否有避雨的人

瑟缩着身子　充满对命运的绝望

树木是出于幸灾乐祸还是

火上浇油之心

我想撑把伞

出去帮帮那个如我之人

但我终于　还是否定了自己的臆测

而未有行动　如果有人他早就该飞奔而去了吧

从那以后　我找过无数类似的理由为自己开脱

我的理由也越来越理所当然

小明

这一次　我闭起眼睛摸索着前行
身体暂时交给黑夜
脚在恐惧中挪移

我想要做个鬼脸　却不知谁能看见
谁会在意
我瞎了　世界就瞎了

黑暗中哪儿都不愿去　哪儿都去不了
仅仅半分钟　我便强烈地想要看到光线
风在耳边嘲笑

汽车筑起一道空气的长墙
现在　如果谁给我一个提示
我必追随他的主张

方向是神秘的　常常施惠于盲者
当我们持着黯淡的火把
装作对光明的回应

白昼 露出悲哀之态

它无法指责我们的无心的背叛

更无法纠正 我们自以为正确的迷失

鼓钟

写一本书
像水浒一样可以流传
书里多是英雄和美人

让有些人占山为王
有些人 半生奔波在
千山万水 我只当书中的一个扫地僧

没人在意我的低微
只在树叶飘散时出场
悄悄地 做下滔天大案

想打一通电话
告诉你我的想法
后来还是忍住了

既然做了平淡生活中的隐匿的破局者
就让我
冷眼看繁花落尽

楚茨

汽车磨损着

公路上泛白的月光

如同一句诗　缓慢地掘进

坚硬的沥青能种下什么作物

天上的事物

并不为此担忧

夜晚　独行的车辆

披着风衣　正慢慢地掠过墨绿色的田野

他要去哪儿　他自己并不清楚

一切行为都理所当然

从一场繁华进入另一场繁华

跟从一座废墟进入另一座废墟本无分别

仅是惯性的牵引

他并不曾深究自己因何而行进

但在路上　方感到安心

他甚至期待稍微的迷失

迷路又有什么不好

成为伟人是你们的事

不被你们称颂我已心满意足

看每一条路总有无数岔口

远处的村镇也不得不灯影黯然

信南山

我掰断一根黄瓜

手指没沾上绿色的血

切断一根芹菜 刀刃没留下绿色的血

我取出西红柿

切成二十块 然后用水将汁液冲掉

我拍碎一个蒜瓣儿 这回它浓浓的味道

在刀口徘徊了很久

却 没有警察讯问

我吞下半棵葱白

油煎了三两牛肉

这期间

还剥开过三个小橘子 五颗葡萄

手指没有沾上黄色的血

也没有沾染紫色的血

我杀死食物 并心安理得地把它们

掩埋进肠胃

它们是否有过抗议

我听不见它们发声

它们是否想过逃跑

它们逃跑的功力实在太差

前方死路一条

它们只能在我的体内变得腐臭

或者在我的体内变得干硬

小雅·甫田之什

他们拔掉蛇的毒牙

把它装进玻璃箱

然后轻声地问它　你为啥不试着咬一口什么

甫田

清晨的第一缕光送来消息
人间的入口打开
桃花正芬芳

人们置换泥土　栽种扁桃和韭菜
锄头是最原始的
燕子轻轻地穿过木质堂屋

孩子在田野中嬉戏
父母教他们识别野菜
经济指数在这里不通行

拿刀的人都去学习种树
柔软的十八道弯的河水
正悄悄地缠绕着草原的脊背

只有诗人
放进一只
虚构的瘦马

大田

你猜　原始人会不会把鱼刺当成木梳

这个问题一直困扰着我

于是无数个夜晚　我的梦里都塞满了鱼

它们一群一群地游向我

然后拔出

身体里的刺

人类　一直都在索要

欲念不断到来

欲念的刺遍布虚空　无法拔除

猫　在灌木丛里喵喵地叫着

一只翠鸟　在疾驰中撞碎一滴露珠

一池荷花　前仰后合地笑着打转的木船

我们处在寂静中却无法安入寂静

身体里有刺的地方

疼痛起来

瞻彼洛矣

不知是受了何物的惊吓
一只山鸡
从山坡的草窝中飞扑向远处

我循着它留下的痕迹
期待有所收获
却一颗蛋也没有发现

那时候我突然忘了
我的目的是攀至山顶
对着远方的城市大喊十分钟

我感到了灵魂在拐弯
在这荒凉的冬日
在这温暖的阳光下

裳裳者华

他们拔掉蛇的毒牙

把它装进玻璃箱

然后轻声地问它 你为啥不试着咬一口什么

那游走的绳子有着伸进伸出的长舌

此刻 谁正扶着沉默的下颚

被它的演说绑架

掰掉牙齿的人

也是囚禁毒蛇的人

而囚禁自己的人

和吞下自己的毒牙

毒发身亡的人

才是我敬服的人

桑扈

一只苍蝇落在《诗经》的书脊上
它落对了地方
因此躲过了我厌恶的一拍

鸳鸯

在大峡谷　我听到前方落石的声音
抬头望去　崖顶蹲着一只白鹇
我仿佛看见它

对着山谷喊过那么一嗓子
还向着山下扔出了一个石块
可惜它看见我之后有些羞涩

呼啦啦地　飞跑了
它大概和我一样　孤独的时候
愿意对着深谷嘶吼或扔出石头

而如果不是我的出现
它大概会循着山路环绕
或一头扎下悬崖

它美妙而决绝的动作
必是我的诗句中的
某种隐喻

頍弁

习惯于活在冰中的事物
无论它何其庞大
一缕热风或许便能将其杀死

习惯于活在暗中的事物
例如石油　无论其何其黑暗
一个火星或许便能将其点燃

习惯于活在鬼世界的人
必将成鬼
无论其伪装得多么像人

神也将对其无能为力
哪怕　鬼也有
热爱神的权利

车辇

是谁潜伏在我的身体里
又时不时钻进我的诗句中
我的身体肥胖却充满孤单的洞穴

记忆的回声化成轰隆隆的石块
像塌方的山体
填补一些沟壑又露出新的空旷

时间的飞鸟四散而去
燃烧的火焰终将
剥离我的影子和幻想

青蝇

鸡蛋真的会睡着吗
我看未必
你看那些嘴带恩光的人

随时脱口训斥着圆形的一切
它得随时准备撞碎身体
肉与骨瘫倒一片

有时全都向锅里涌去
它们潜藏在冰箱与篮筐中
或者在玻璃与大理石台面上

它们不安全的动感
掩饰不住藏匿之心
张着翅膀　一副振翅欲飞的怂样

鸡蛋　如果不能生出凤凰或者黄金
必须按次序去死
带着纠结的心思哪能睡着

万一身体生出癌症

成为圆满的东西也好啊　却总是相差一点

现出鸡形也好啊　却实为一颗哑蛋

鸡蛋　在梦中成为魔鬼

用自己体内的毒

使自己毒发身亡

宾之初筵

一只鸟把巢做成尖顶
另一只鸟的巢
却无片瓦遮雨

我不认为天生披着
防雨的布料
就命该风餐露宿

即便那邋遢的身体中
也包涵有
守望天空的雄心

即便　那羽毛之下
都是骨头与灵魂
一只鸟的心始终向着天空之外

另一只
却只在这天空之内
一边慨叹　一边攥紧自己

小雅·鱼藻之什

据说我的后背本来生有一双翅膀

长大后 被各种规矩捆的时间太长

翅膀就退化没了

我出生时挤碎的蛋壳

也早已被我吞掉

此时再无证据证明我的来历

鱼藻

如果有人幻想
一条鱼变成一只大鸟
你会不会崇拜他

如果有人幻想一只鸟的
翅膀就能覆盖一片大陆
你会不会赞赏他

如果有人看见那个人
在半夜时飞走
骑在鸟背上

你会不会遗憾
会不会失魂落魄地
拖着沉重的双腿回家

采莪

我是个放牧者　每日晨起
第一件事就是打开圈门
将所有的轮胎赶上山坡

在那片草色肥美之地
看着它们滚来滚去　互相争抢
我有种异常的满足

此时如果有一个蹿上天空
我也由它放纵
无非是愿意听别人称其为太阳

撒会儿野　必然姗姗归圈
但是有一次我病了
不得不任其自行觅食

当我出院　看到它们生养无数
几乎遍及整个原野
而我的口令它们已经无法领会

我遍地搜索我的旧部

然而它们早被湮没在滚滚后浪之中

最终　我成了一个孤独的游魂

到处哭喊着

回家

回家

角弓

夜深了　从电脑前起身
捶捶自己酸疼的腰和腿
此时生命都歇了
建筑工地的挖掘机也垂下了巨大的爪牙

乌黑的夜色被风拽着　苍穹稍微倾斜
我不确定楼下的大叶梧桐是否还活着
燕山山脉的脊背是否还在耸起
远处是否偶尔飘来两声虚弱的狗吠

唯一能确认的是　我醒着
同时我在生命的荒野上打着鼾

菀柳

我把仙人掌种在了体内
她说我撒谎
理由是仙人掌喜欢干燥　高温　贫瘠之地

比如沙漠或戈壁
如果种于家中
要放阳台　少浇水

而人的身体百分之七十都是水分
体内更是脏污　潮湿　阴暗
终日不见阳光

我看着她那副认真的样子
以及远处发青的暮色
有一点儿白天将去般的绝望

经过三次检测
阴性
我长舒一口气　它并未发作

应该不用担忧
明天它会
透过心脏钻出刺来

而它一旦钻出我的皮肤
我就要变成这个城市的
新盆栽了

都人士

黎明时两只麻雀扑腾着翅膀飞过我的窗前

它们的羽毛冒着火星　外面有风吹

它们的身体会不会突然自燃　并点燃这个暴躁的城市

那是三年前　我的办公室化作灰烬

一个年轻的女孩抽了四十支烟

临死前　她的手指终于保持住了胜利的姿势

那是一年前　我的心化作灰烬

那些爱的绝杀　痛切的背叛

如今　都已成痛苦的回忆

轰轰烈烈的碰撞之后

沉寂　然后

继续伤害

采绿

暖草凉风秋日短　心路由来拓

我喜欢你目空一切

喜欢你凡事只考虑因和果

我喜欢你不懂爱　因为你从未谈过恋爱

喜欢你不渴望爱　因这世上没有能配得上你的人

你是酒中的微火　微火中的钻石

抛开世俗的成见　勇敢地与你四目相接

本不善读心之术

你眼里的故事我不想再读　只读此刻

卧凉亭折羽

躬身一问

江湖几多魔

疫苗

我采集文字中的草药
配置驱赶病毒的良方
每个读我的人都是有疫苗的人

但是喝酒的人读了会疯癫
抽烟的人读了会沉默
说谎的人读了会结巴

贪婪的人读了会裸捐
后来我的药方被污蔑
并遭到封杀

理由是剂量过重　临床效果不明
只有极少数人还在悄悄地找来
悄悄地传给他的亲朋挚爱

隰桑

爱你就像得一场重感冒
咳嗽流涕
烧到胡言乱语

爱你就像得一种过敏症
皮肤痒痒
心脏突突

那天 寂静的夜空挤进一轮
硕大的月亮
我的心糟糕到了极点

那天我病了 在无尽的等待中
沉入无望的海底
主动献身于石斑鱼的巨嘴

我不再是
明亮雀跃的
少年

那天　我仍然骑着单车

从你门前飞过

世界　还是未变的样子

白华

我爱的人被我从花盆里种了出来
我不爱的人还没有
被我从花盆里种出来

深夜　我装扮成
灵魂的样子
独自在院子里侍弄花草

那时　我长出一双翅膀
和十只尖尖的脚爪
然后用尖尖的脚爪

为爱人安上音乐的嘴唇
哭泣的鼻子
胡萝卜的大腿

她的眼睛偶尔发出蓝光
细腻的皮肤偶尔钻出羽毛
我为她高兴　她却感到恐惧

夜色有必要削减我们的分量

抽离我们体内存留的

光线

我爱的人被我从蜜蜂的肚子里拔了出来

我蘸着蜜　蹭她的刀子

然后咔嚓咔嚓

把刀子当成麻糖嚼碎吞掉

我喜欢看着她的无奈

无助与嗔怪

我会等你的　我说

等你的翅膀长出来

我们一起飞

那时候夜晚便拥有了寂静的全部属性

一个灵魂和另一个灵魂

以鸟的形态切入黑中

从而让黑夜变生动

这正是我的迷恋所在

你懂的　我等着

绵蛮

据说我的后背本来生有一双翅膀
长大后　被各种规矩捆的时间太长
翅膀就退化没了

我出生时挤碎的蛋壳
也早已被我吞掉
此时再无证据证明我的来历

只是在梦中还经常出现
蛋壳咔嚓咔嚓的
破碎声

如今我恍恍惚惚
时而是人
时而不是

我既认命　又挣扎
过着按部就班的生活
又不断地寻找着自己的同类

瓠叶

因理想而有了
承受任何结果的勇气
因此你奔跑起来比他人更有力

云的散淡　雨的闲适
水的随意
都不是你的做派

仿佛抵达过
也仿佛快乐过
但尚未至终点

你珍惜过
快过
却时常被时间超越

偶尔停下脚步
拦住自己的肉身
与自己拥抱　击掌　哈哈大笑

然后继续出发

你为美好的生活骄傲

为转瞬即逝的事物慨叹

你不求伟大与不朽

如此专注和热爱

只为曾参与过这庞大的时空

渐渐之石

循着地球旋转的轨迹

大海昏眩

而高山是一种英雄主义的有形理解

那无尽的椭圆形的操场多么寂寞

追着太阳的跑动中

只有星星鼓掌

光的鞋子探索呼啸的风声

我实际上感受不到这些

在庞大的地面

我仅能用握过手的一天天

感受时间的探视

围绕着肉身奔跑的

被称为生活

内心喷着响鼻

翅膀或四蹄致敬悠闲的云朵

我喜欢上你了 好在你不知道

孤独闪着光

嘲笑风的敌视

苔之华

我们无法再躲避了　于是我拽着你的手
喊一二三
然后一起冲入大雨中

天空洒下墨汁　雨中满是冰碴
我们举着外套遮住头
硕大的水滴砸在地面　溅起白色的水花

开裂的天空嚼着火龙流淌口水
世界即将覆灭
而我们只想回家

我记得五年前的那场大雨
洪水将我的汽车推入桥底
将火车站的候车室变成了瀑布和汪洋

而我艰难辗转地回到工厂
那么多新购的设备已经完全淹没在水里
今天的大雨更甚

降雨已持续多日　有城市被淹没

有房子被冲毁

有人消失

此时他国的航空母舰逼近南海

战机呼啸着掠过我国近海的天空

肆虐的病毒还未消失　战争的气息已开始弥漫

小时候　每到暴雨天气

我和父亲都会躲在灶台边

烤着玉米　说些山林里的故事

也说远在越南战场的舅舅　如何躲在猫耳洞中避雨

那年大雨结束　姥姥头发白了满头

而心里想着这些　顾不得挽起裤腿

虽然一场暴雨敌不过一枚核弹

我们飞快地跑着　我们要回家

我们踩着雨水　我们趟着雨水

我们游进雨水

她说　无所谓有没有伞

我们就是暴雨

何草不黄

一个人煮茶　听那沸腾的水
驱赶室内阳光的
咕嘟声

直到整个周末的下午过完
夜色逐渐覆盖过来
到底想透些什么　或有哪些尚未了悟

当我关灯　锁门
然后裹紧大衣
将自己再次放逐

到西风中
我已淡忘的一切
重回心头　此时

有那么多流动的车灯　远处楼群
有那么多明亮的灯火
却没有谁异常欣喜

也没人异常悲伤

这简直与我没什么两样

虽然他们看上去都那么匆忙

大雅 · 文王之什

地头的农民担忧着这种地的职业也将被机器人接手

就连医生都不再相信号脉或针灸

太多原以为正确的事物

突然莫名其妙地怀疑起来

文王

星期天就这样莫名其妙地过去了
如同嘶的一声 从日历上拽下一张纸
一把揉烂 然后扔进废纸篓

找回它的心思都不再有
一场战争也这样莫名其妙地过去了
网上双方撕咬 各自以受害者的名义

昭告天下 都是正义之师
民众以为电视剧开场 并不觉精彩
三秒换台

覆盖小麦的大雪还没来
肥胖的麻雀成群结队
地头的农民担忧着这种地的职业也将被机器人接手

就连医生都不再相信号脉或针灸
太多原以为正确的事物
突然莫名其妙地怀疑起来

新世界的王者脾气不怎么好
他撕掉人类恐怕分分钟的事
只是我们都还不太愿意相信

他是那么宽厚而仁慈
更有太多玩过的玩具
被遗忘在沙发底下

大明

室外的鱼缸被冰牢牢地冻住
同时被冻结在里面的还有我的金鱼
被冻结的金鱼

丝毫没有痛苦挣扎所该有的狰狞
它们仿佛还在冰中均匀地呼吸
姿态平静而优雅

我不知该不该把它们埋起来
此时它们是冰的一部分
但仿如活着

如果埋起来将变成泥土的一部分
只能去喂食
土中的蚯蚓

再假如把冰化掉　它们将软下来
然后身体溶解　腐烂
丑陋不堪　猫都不会下嘴

我终于被自己的胡思乱想冻住

我能感受到我的思想的美丽

但不能解放自己

我忧虑着任何一种结果

而此时韩彦磊先生指点我说

冻住的鱼到春天　会随着冰的融化慢慢复活

它们的身体机能可以顺应自然的规律

调节自身

绝不轻易就死

绵

还能听见某个帝王的脚步声

轻轻地漫过宫殿

还能听见某只被射杀的梅花鹿来这湖边舔水

熙攘的人群挡不住寂静的回声　低头

树荫下纳凉的蝴蝶说着你内心的话语

是什么样的孤独让一个男人把自己放进硕大的园子

当你抚摸那些金丝楠木柱

汉白玉石碑　捂住耳朵的紫铜狮子

你的温度也将纯然地留在这山庄的魂魄

像一只不受任何情绪影响的手表

你的嘀嗒

更加强化了这巨大的寂静

再过半个小时就要闭园

再过四个小时

皎皎明月就要升上文渊阁的檐角

而你的幻身也将从松树后面显出虚影

然后坐于湖边

仰头吟一首诗

追溯历史太难

全是悲怆　感慨

淡如湖面的轻烟

械朴

斑驳的城墙边
拿着对讲机的巡逻人向古人呼叫
滋滋啦啦的声音　在天空回响

问到守城的将士　魂归何处
突然有人从城墙背后冒出一句
丹青从不误画图

是谁攻破城门　篡改诏书
树枝间的麻雀也变了姓
三千年的恐惧堵住他的眼窝

爬上城墙　我这个可怜的王者
刚刚从历史中捞回自己
又在悲叹中埋葬此生

旱麓

月牙　唱你所有被岁月啃食的唱片

阳光碎成星星

灰尘一样飘荡在周围

风轻抚你的哀伤

别哭

越是贫穷　越要把手里的东西捂紧

所有我们希望成就的

都还有个明天可期待

就算我已离开

就算酒已喝尽

就算脚崴了　腿断了

你也要疯狂地挪动

别笑

越是富有　越要把内心的东西捂紧

思齐

今天我们讲一位非常著名的数学家戴维·希尔伯特

他提出数学家应当努力解决的二十三个数学问题

被认为是二十世纪数学的制高点

希尔伯特领导的数学学派是十九世纪末二十世纪初数学界的一面旗帜

因此希尔伯特被称为数学界的无冕之王 天才中的天才

不变量理论 代数数域理论 几何基础 积分方程 物理学 一般数学

基础 狄利克雷原理 变分法 华林问题 特征值问题和希尔伯特空间

鲜有什么事情禁得住数学家的推敲

希尔伯特是公理化思想

他把欧几里得几何学加以整理

探讨公理之间的相互关系与整个演绎系统的逻辑结构

他将书写形式化为符号语言系统

企图对某一形式语言系统的无矛盾性给出绝对证明

以便用来克服悖论引起的危机

希尔伯特的研究成果直接毁灭诗人

艺术家 以及各种教派

他的追求近乎终极　假如我可以代表人类

和上帝谈判　我将约请希尔伯特做我的助手

假如我可以代表妖魔和人类战斗

我将策反希尔伯特

从不假定实无穷的有穷观点出发

用无用的肉体掩盖他骨缝里不安的数学

皇矣

那掀起的巨浪　有多狠烈

你能想象　它从一千六百千米远的地方

开始助跑

涌起的脊背像一只雄浑的猛兽

冲锋的姿势几乎贴着水面

它膨胀的肌肉每一条都有数十丈

脸上的青筋几乎爆裂

它从大海深处来

在海底沉默一千年

小鱼曾经拱过它的唇

就在美丽的珊瑚边　轻轻地诉说爱

它孤独的浪花也曾温柔地覆盖潮汐的心

北冰洋蹿来的冷气曾经带来感冒

浑身无力　三十九摄氏度高烧

海底的火山还来凑热闹

它顺着火山喷涌的气口

向天空表达　坚决要翻过堤岸

开疆拓土

当然也有那样的时候

它冲刺到五十米的时候就没劲儿了

当然　即使并没冲上顶端

至少也扯下了天空的一块肌肉

它还会站在远处

看着牙齿打颤的礁石

而浪涛的血　重新流回胸腔

即使自己捶胸顿足

还是将失败彻底沉到心底

风说　我累了

雨说　我累了

两军交汇处　一片马鸣车翻

巨大的潜流如同一只扇过来的巨掌

一个响亮的耳光

拍在岩石的脸上

你听到那声音的巨响 咣

甚至我有时候都可怜那块岩石

获了什么样的罪 要每天面临无数次行刑

你再看这威风凛凛的巨浪

它冲上岩顶

还不忘送自己一束白色的浪花

灵台

风在房顶弹奏了三天　据说是它
带来了人类有记载以来
最冷的冬天

是的　任何一种庞大的事物
降临之前
都应有一个序曲

而我独自
身体笔直地静坐在沙发上
等待着遥遥夜空传来一片轻轻的掌声

下武

动物园里一只老虎绕着围墙徘徊
它在一棵倒下的大树边撒了泡尿
又走上一块巨石怅望

后来它趴在河边的木板上亮了亮牙齿
恐怕它并不认为自己这落拓的王
已经沦为人们的观赏物

对游人的指点
毫不在意
眼神中仍然充满藐视

我还见过关在笼子中的老虎
它会站起来
把双掌狠狠地拍在叮当作响的铁条上

笼子狭小
可它仍然不断地来回挪身
像在巡视疆土

路过的行人 向它扔出食物
它稍微恼怒 呜呜低吼两声
又继续低头徘徊 看都不看食物一眼

它的眼神
在我的心颤之处 在我的身后
以及更远的未来

文王有声

真正的睡眠是对失眠的嘲讽
于是我夜夜
接受嘲讽

我从未想过反抗
失眠是好的
让时空发生扭曲

趁机写一首好诗
同时给悲哀的希望
打上烙印

类似被妖人平静地盯视
无需查看手表
沉默　大概也是反抗之一种

大雅·生民之什

但是法官说 一首诗
顶多算是一个说明
其实它什么也说明不了
在铺天盖地的掩埋之下
那些排列的文字
勉强算一首幻想曲

生民

冰融枝发

在绿的尖上

田鼠即将拱破地面

大地上的所有

只待那一惊心动魄的时刻到来

一枚孕育的蛋壳挤破

窗上的冰霜只结成一圈

窗外的雪也沾绿

这世界远比梦想的丰富

在时间的某处

这个喜欢酣睡的小人啊无忧无虑

好在燃烧的世界上

人们在用爱保护

夸耀着

醒来的生命

你以这样的方式开始

手指微微蠕动

鲜嫩的皮肤　禁不住轻轻一触

心跳几乎静止

春孩子忽然哇的一声

你用树枝的小腿蹬开了棉被

梅花正欲伸进窗来欣赏你的睡态

映衬你睑颊的绯红

你能否感受到

你变成了一块温暖的石头

伸伸腰东风都要将你取悦

有太多的欣赏　善良的眼神

举着火焰和雪

享受着

这样的开始

行苇

需要你凝固起来　比石头更安静

山河隐入雾岚

歌声余音送远

在光线里　才发现涌动的飞尘在激烈地翻滚

一闪一闪　四处飞溅

它们是空气中的骇浪　触目惊心

这些轻的东西

看似无踪　却在暗中积蓄力量

像那些火星　或萤火虫

谁说中秋的主角没有它们

从它们在夜空成群结队便可看出

一定有更为庞大的意志牵引

不是月亮引发了潮汐

就是地心在

失去引力

既醉

看清她脸上的伤痕了吗
是的先生
看上去是自己的抓伤
根据她指甲里的血迹基本能够确定

难道她一点都不记得吗
是的　她根本没有印象
她甚至感觉不到手指的疼痛

可是为什么抓得那样狠
甚至抠出了骨头

是的
每一个对自己下狠手的
都是真正的狠人

凫鹭

一夜风雪　多少人被活埋在恐怖之下
我一直在思考　一直在记录
这首诗的存在　就是证据

但是法官说　一首诗
顶多算是一个说明
其实它什么也说明不了

在铺天盖地的掩埋之下
那些排列的文字
勉强算一首幻想曲

幻想就幻想吧
我们终于在谎言的层面寄予奇想
好于愿望急剧收缩

慈悲徒有其表
大海　用黑色的腹部　将我抱紧
天空　用雪山的巨爪　将我撕烂

身体的碎肉组成一只小型舰队

一直在思想的边缘

消灭叛逃的文字

假乐

我几近窒息 越接近你
越觉得自己正在焚毁
可是谁来重建我 谁来为我写诗

都说时光易逝 那不适用于你
一栋楼戳在历史的中心
使记忆成为永恒

我也试着吟哦过你
试着把自己
藏进你的瓦片

因而我见过天空
但也因此沾染了
你的恩佑

公刘

每天我都说出那么多话

哦　可我知道

它们永远也不可能比我的一首短诗更长

也许我这一生

都为了写出一首诗

那么　我还有必要责备自己吗

可能我最终都写不出　一句像样的

狼每天都觅食　天空每天都在变薄

我每天都忧伤

洄酌

花蕾总是一次次地把头伸出来
它们要说话
它们要绽放

狂风和霜冻总来耍耍横
时间也不容许它们太招摇
其实很多事都只为那一刻

而作为人 我除了可为它们赞美
还能有什么用
我甚至连伸出头的勇气都没有

更别说跳出自己的舞蹈
我虽然时常差点说出真话
可我还是屏蔽了那一刻

卷阿

假如你听见我的诗中出现一声鸟鸣

请恭喜我

我的实验终于小有所成

那些文字的羽毛　锐利的骨头

那些柔软的心肠　善良的灵魄

谁将与它在天空共舞

谁配做它树下的邻居

我也曾尝试构筑一束光

或一只只自由的狗

构筑冰冷的星星

凶险的世相

却从未成功

而这只鸟显然超越了它们

此时它正用翅膀拍打着纷乱的雨水

嘴中喷出鲜花状的烈焰

下一秒它将向你撞去

如果此时

你正在读它

民劳

这个多雨的季节
城市变成汪洋 我们都被围困在水里
茫然不知所措

现在它已漫过膝盖
不给时间
不等我们长出鳍来

这是个沮丧的季节
城市变成汪洋
大水已漫过脖颈

我忠信的事物终于也将湮灭
谁命令你来围困我 洪水
撤退吧 我现在投降

这是个失控的季节
我们都被围困在咒语里
伫立在水中

各自擦去眼中的泪水

我爱你　但是不能原谅

你爱我　但我们不再触及

谁在枪管里插上玫瑰

谁在粪土里插上鲜花

那些幻象　真害人

关闭了　我现在投降

喝醉吧

我需要沉沉睡去

板

到了三十岁的年龄还常常流泪
看到不该看的　听闻不该听的
想到不敢想的

尘世有那么多美丽
孩子和楼群　蓝天和田野
我愿你们都不是海市蜃楼

尘世有那么多苦
我爱你苦笑着的眼睛
流出泪水

你知道的
不会流泪的人
洗不掉心中的罪

大雅·荡之什

我已落入

对自己的实力毫无自知的陷阱

气急败坏与横行无忌的罪孽相同

荡

石头和蚂蚁的国王早已将我们流放
星辰也在自己玩耍
时间尚在兀自赶路

是孤独太久了吗
即便拥有无数仍然不安
还在侵略　侵略

是缺爱太多了吗
人类这万物的孤儿
还在寻找　寻找

人们制造了神
又制造了魔鬼
想让它们给出答案

抑

冰是什么
冰是因恐惧而
僵硬的水　那么冬天是

班里的学习委员　厂里的质检员
政府的检察院纪检委
对暴露出来的一切进行夯实

即便温室中仍有人窃笑或暗自庆幸
也要让掺杂杂质的混合物无处遁形
令作弊者的身体保持颤抖的波纹

与此相对的一面
你有没有冻结自己的时候
只凭内心的火来洗炼己身

无数刀剑的锋利
不仅在寒风中呼啸
同时也在体内砍向自己

云汉

天呐

天呐　天呐　天呐　天呐

天呐

天呐　天呐　天呐　天呐

天呐

天呐　天呐　天呐　天呐

天呐

天呐　天呐　天呐　天呐

天呐

天呐　天呐　天呐　天呐

天呐

天呐　天呐　天呐　天呐

那个

孤独

忧伤

彷徨

痛苦不堪的人啊

崧高

一把战刀
抽出来
寒气逼人

但此时
它 一脸祥和地
静卧在我的书架上

头下枕着中国艺术史
和一部
大方广佛华严经

烝民

痛哭的人把身体中的水全都倒了出来

最终只剩下干瘪瘪的一张皮

裹着几根惨白的骨头

他还挣扎着继续痛哭

而这时候的痛哭只能叫做

号啕

号啕的人把空气中的抽搐全都拧在了一起

最终拧出一个黑洞

风钻进去再也没回来

号啕的人也被自己的黑洞

吸走

最终没有回来

网上还在传播他的困苦

以及无数

更甚于他的苦难

而这些消息在无数人的心头

堆成恐惧的大山小山

人们猜测着他的行踪

并祈祷他尽快回来

或许只要他回来

就一定是找到了铲平恐惧的秘密武器

韩奕

听闻王徽之跑到别人家的院儿里种竹子
我便不觉得
在刘川的妙语后面跟风有伤风化

听闻近古的贤者
通常被老百姓夹道相迎
我便不觉得玩手机刷广告有什么不妥

听闻某国总统不得人心普通市民都起来闹腾
我便不觉得我喝几声彩
会在哪个政客的体内留下铁钉

江汉

听你的话　我将蕴含烈焰的神水倒进嘴里
然后披盔戴甲　跃马阵前
对着敌营大喝一声　贼子　速速前来受死

此时灰如铅块的天空裂出一条缝隙
一道金色长矛向我戳来　它的战马打着响鼻
而巨大的星群掩住眼睛

事实就是这样　我满怀仇恨地与其叫阵
却被一枪刺透胸膛
怜悯或讥讽能怎样

我已落入
对自己的实力毫无自知的陷阱
气急败坏与横行无忌的罪孽相同

在失败的战斗中　我被捆上手和脚
然后悬挂在敌军的城头
连被扣押为人质的资格都没有

血一滴滴流逝

然后身体中缺失的部分被

虚空填满　我的脑袋耷拉着

而奇怪的我只能找到最后一点小幸运

还好还好　最起码现在的我

还是五只苍蝇的最爱

常武

世界太拥堵了
房子建在坟地
空中有鸟魂　地底有冥府

地面是危险的
地上的魂魄不是无法投胎便是入地无门的
怨鬼　冤魂　孤野　魔心

几千年来　它们已经多到数不胜数
而活着的人只能在它们中挤来挤去
只有马路是通畅的　可是

即便无处容身　也不能在那里逗留
飞驰的汽车　会将你再次撞死
无论人鬼　一并辗压

瞻印

我把最后一个硬币输掉了　之后又输掉了三十年的时间
如此说来我还剩下屈指可数的时日　我在想
如何把剩余的也输掉
之后　被冠以赌徒之名

人们会说　给他一个春天
他也会拱手于人

他以认输的方式
交出一切　以苦力的方式
偿还人生
当他即将跳进焚尸炉的时候
终于同时烧掉了
年少时画到背上的翅膀

召旻

飞机摆脱跑道突然向云朵蹿去
它以为那是一座冰山
足够将它撞得粉身碎骨

正午　阳光炽烈
地面的脸色斑驳
空气将大地浸泡起来　白云之下仿如静止

而在机场大厅徘徊移动
眼睛又去盯看安检入口你身影消失处的人
是我　你曾经狂爱的野男人

他放飞的那只银色风筝越过了白云
越来越高　越来越远
一只鹰跟他一样流出了泪花

桑柔

我要孩子们选取一个角度

来描述一下我们的祖国

他们惊人一致地回答

我们的祖国像花园　花园的花朵多鲜艳

和暖的阳光照耀着我们

每个人脸上都笑开颜

然后一个孩子站起来向我提问

他说　老师

您也来说说您心目中的祖国吧

他们多么善良啊

在雾霾弥漫下　给了我美好的期望

所以我噙着泪水唱起来

我们的祖国像花园　花园的花朵多鲜艳

和暖的阳光照耀着我们

每个人脸上都笑开颜

周颂·清庙之什

你是谁　你为谁而活

面对生动的命运

这样的提问拖出困惑的光

清庙

揭开钢琴的盖子　音乐一下子就涌了出来
是的　不用把手指按下　那只是一个动作的称谓
是夜晚　涌出了星星和月光

没有谁按下释放的按钮　就如同你
特别想说出无限的话　特别想特别想的　一个人
布满天空的黑和熟悉

是的　现在路灯也亮了起来　为我点燃一条路
还是把手指按下去　按在一首诗的痛处
按在让它失声的句点　除非你带着橡皮

或胶布　而此时　必然只有止不住的泪水
在那种仰着头　企图让时间倒流
的徒劳中　淹没了整个宇宙

维天之命

你是谁　你为谁而活

面对生动的命运

这样的提问拖出困惑的光

哑巴的歌在天边流动

岸边的帆船

在浪花的拍击中呜咽

高山驼着庞大的身体

半天挪不动一小步

太阳龇着牙吐出红红的舌头

面对生动的命运

我只能鞠躬

再鞠躬

维清

封闭泪水的闸门

叩问将死的良知

埋掉的碎玉 测不出先知的忧伤

风雨在愤怒中带走火焰

审判在时钟的滴答中

稳步进行

通红的泪水隐藏于忧郁的假面

闪电

在泥水中激荡

那时我正在鞠躬

就快跪倒

在地

烈文

我 迷失在一座神塔

那时我 一直鞠躬

肉身交给腐朽的土地

灵魂飘在阴暗的天空

儿童的节日

流动神话的歌谣

诗人的风雨在天空闪烁处凝固

远航者归了家

眼眶中涌出的水滴和光

淹没了黑夜

胜利者张开他的大翅膀

占据整个华北平原

你们都值得敬重

只有我

围着自己的心打转

389

天作

集合的钟声敲响

我们从废墟中爬起又趴下

爬起又趴下

云彩在头顶流动

一本书因为有诗句而神圣

我的叽喳之语更是献给众神的魔咒

朗诵者熄灭光

用眼泪覆盖

众生膜拜的神塔

光虽灭了

诗人睁着眼

独自等待　独自唱歌

昊天有成命

那首绝尘之歌飞走

我为之深深地弯下了腰

在秋天的墓地

我贴着尘埃

一阵升腾的灰

在脑海流动

你的声音像火苗

扑击我内心的干草

因此你看见了我的荒芜

我不想说我还有力量

但我愿意被你的火

扑击一千次

我将

冬天的虫到我的脑子中

嗑洞

一个甜美的果核用来磨牙

我的尖叫

回荡在寒冷的夜晚

那就是北风的来源

在推开门的间隙

黎明哽咽着

跟星星告别　然后骑上风的野马

太阳负责照耀

脑中被掘出的人间地图

走不对　变成枯骨

时迈

期待多日
钟声一直不曾响起
我被寂静击败

一个聪明的小偷
在钟声未来之际
偷走果实

然后躲进虚空
窃笑我的慌乱
慌乱是一个杀手

它在门外举着苹果说
又大又红的苹果
接近上帝的苹果

然而苹果的后面藏着一把
手枪
手枪是一片虚空

393

呼的一声

一颗星辰掉落

纷飞的羽毛

和尘埃

迅速弥漫了整个地球

迅速将我埋葬

执竞

一个内心煎熬的人难以忍受耀目的阳光

在危险摇晃的内心

悄悄焚毁无限生长的荒草

一扇厚厚的窗帘被拉上

阴影蹿出来的时候

我竟然惊呼着伸出拥抱黑暗的双手

在黑暗中

我给自己一点点地渗透光亮

正如我不忍心看你的时候我就会转过身去

一扇黑夜的门关上了

还是请掏出钥匙顺着开锁的方向旋转

你打开它的时候　就像拉开我珍藏的抽屉

思文

当我用球杆击一颗球　那飞远的是我

当我用火焰烧一摞稿纸　那焚毁的是我

当我用时间咬碎舌头　那疼痛的是我

当我用绳子捆住翅膀　那清理火锅的是我

当我把我奉献给我的时候　我早已死于我

当我在我面前祭奠我的时候　我是真的在痛哭那个我

当我从我的记忆中消失　唯有照片上的我还在痴笑

当我从照片上退走

我将断绝与这个世界惟一的联系

周颂·臣工之什

我永远向青春表示祝福
当它拂过所有正顽强地生活的人的心头
都能为他们驱逐寒冷
但我永远不会向懦弱者 愁苦者 自卑者
表示祝福
看啊 他们凄楚地流下悔悟

臣工

当光的乳汁被抽干
以及风声渐紧的诗句打开沙尘
我直起身子　敛衣闭户

那北方的涛声和骨头
荡起我胸中的激情
我嚎叫

风点燃我就随之炸响
向十六个方向撞击
门开一半　关一半

檐上的马灯
从疯狂的风声中
晃醒

对于肮脏和轻的事物
坚持驱逐与扫除
北风轻松拍打我的肋骨

仿佛在试探我与树的骨头

北风中　我感觉自己轻于自己

风扫着　因激越而广阔

我必须跟随于它

哪怕放弃我的躯壳

只保留灵魂的形态在暴风中疾走

背负青天

除恶扬善　纵横千里

北风　瞬间刮空一切

首先从我的灵魂

然后是那些腌脏与轻的事物

再然后是那些摇摆的

逃跑的

对它们坚决进行驱逐和扫除

……

噫嘻

我渴望走出那里
虽然
那美丽的徽章满花园开放

每一朵　都是自己
颁发给自己的
最高奖励

我采集荆棘丛中鲜艳的红
而每一次艰险的付出
总会在皮肤上留下几道刻痕

我常常兴奋地
围着这怒放的花园
踩出几个跳跃的鼓点

烈酒不能使人长醉
荆棘之地却总有
几缕明亮的星光

谁从恶中摘取善
谁从冰中获取暖
外面的道路既然遮隐

命运之神为何又赐我秘密花园
我宁愿走出那里
将满花园美丽的徽章向全世界开放

振鹭

我看不见遍地的珍宝
听不见你之
声音的美妙

我嗅不到食物有香味
尝不出苦果之苦
甜言之蜜

我感觉不到你的存在
不知何为智者的箴言
我在地狱与天堂的门之间

两扇门都不为我而开
我在月亮和太阳之间
同时托举着光明和阴暗

我的心呐
你在哪
哪里是你的终极之地

丰年

最棒的事　是你确定了一个起点
然后锁定一个终点
你是幸运的人了

明知多么美丽的动机也终是幻觉
而你仍然愿意
为那美丽的动机不遗余力

那个起心动念
成为你点燃夜晚的
引线

世界并非完美
所以我们
忧虑它的残缺

夜空并非黯淡
所以我们
不断地抬头瞭望

有瞽

气温下降了五度　刚刚暖起来的春天再次冷峻起来
樱桃和海棠开得最艳
杏仁写下了发烧以来的第六十篇日记

而那个我爱的姑娘　她含着泪
悼念自己死去的男朋友
今天的阳光在云层里搅起泡沫

今天的爱情在温暖的屋子里平静地酣睡
今天的河边　挖出洁白的腿骨
众神受到谴责　人们又开始祈祷

炒一碟花生米　喝半斤老白干
趁醉酒说出的话被称为牢骚
存在于发展中的全部可能你无法洞悉

但你可以换一个角度用以诋毁自己
因此　我可能是这个世界上仅存的好人
听到这句话的人总是心惊肉跳

并用以暗喻自己

或不以与绝大多数相同

而感到羞耻

我甚至一度以为　使天气狂怒的并非上天

而是魔鬼

因此自己能够有蓝天便享受蓝天　有暴雪便享受暴雪

有盘子便享受盘子　有骨头便享受骨头

有主人便享受主人

我已无可救药　何必怜悯我

潜

当一个奔跑者被拘于华美的囚室
以供我们观赏
它打量自己的接受

打量马厩如同打量草原
打量抚摸它的人如同
打量上帝

从自己的感受中
分娩泪水
借他人的赞叹获取迷失

如果分散掉自己的意志
最终保留屈服与妥协
会否更好

在身体的基因中早已被套上缰绳
钉上马铁
它所有的荣光都是骑乘它的人所赋予

哦不　还有山峦起伏的脊背

少年骚动的爱情

诗人跳跃的幻想诗句

而那眼睛中一闪即灭的感动

还是还原了事情的真相

终于接受了命运

只是偶尔　将默默的咀嚼化作

几个臭屁

和一堆干屎

雏

我永远向奋斗者表示祝福

因我知道奋斗中

必需经过磨砺与痛苦

我永远向舞蹈者表示祝福

他们已经习惯

把更多的热爱不用嘴说出

我永远向沉默的诗人表示祝福

他们是真实的马　不畏惧任何事物

敢于肯定一切

我永远向青春表示祝福

当它拂过所有正顽强地生活的人的心头

都能为他们驱逐寒冷

但我永远不会向懦弱者　愁苦者　自卑者

表示祝福

看啊　他们凄楚地流下悔悟

那不是因奋斗而流出的繁茂的热泪

那只是失败者的泥浆

可怜虫的鼻涕

我永远向快乐表示祝福

愿它不是一种奢求

而是每天必到的阳光和露珠

载见

疲倦常使我多饮一杯
下意识地促使自己
忘记理想　目的

窗外依旧夜色沉沉
记忆被酒精
浇灭

将自己拧成
一根绳索
然后将自己轻轻放飞

显然我并未飞远
每个夜晚
都睡得那么沉

男人奔跑在棋盘上
诗歌被当做烟灰
弹在沉默中

孩子抱走烟灰缸

去寻找

灰中的星火

一个世界就

这样被他取走

夜晚并未在意

漆黑的云层

有让内心

仰望的事物

一只钓钩从深井中抛出

一条噼啪乱蹦的鱼

一个男孩　把鱼钩轻轻地含在自己的嘴里

有客

汽车堵在三环

静静地摇着尾巴

一群慢吞吞的人不会把生活过得烟尘滚滚

驶在路上

或等在路上

都要掩埋住内心巨大的鸣笛

这让我想起幼时的洪水

常常把我的牛群阻在对岸

有的牛在我的呼唤下缓缓过了河

我不能让它们快

像交警指挥交通

他们或它们 必须用慢压住阵脚

用慢

将路的快

切断

武

一些文字在白纸上
留下足迹
这使我万分警惕

自己所讲出的话
和写出的诗
是否在帮我掩埋一些人和事

万幸　在文字面前
我是敬畏的
这使我不敢有任何非分之心

毁灭是一种因果
死亡是一种嘲弄
当然　在我无路可走或原地打转时

其实也是你
让我借着微弱的光
在深夜把自己当成假想的敌人

一次次地毁灭自己

又一次次地和自己

握手言和

周颂·闵予小子之什

不要急于奔跑
过早耗尽身体中的汽油
生活的大道不总是那么笔直和平坦
幸好沿途的风景不错
最耗不起的是身心
陷在对终点无望的沼泽

闵予小子

刚刚　男孩拖着大行李箱走出机场大厅
他从上海归来　北方的阳光
照着他湿润的眼睛　和围巾上的白霜

云朵低垂着　风也悄如冰片
作为父亲　我当然没掉眼泪
也没说出什么想念的话

只是把他的行李塞进汽车
然后打开他喜欢的音乐　那一路
我们聊了很多无关紧要的日常

但到底聊了什么　我已忘记
只记得那个旋律是蔡琴
还有车内温暖的空调

把他宽大的外套和围巾一一摘下
而车外到处都在修路
不远的路程　我们走了好久

访落

一个决绝或放弃的念头升起
就如同感染过一次病毒
也许一生都不能修复

我需要把音响的声音调到最大
我需要最欢乐的乐曲
最激烈的乐曲

当我把手机狠狠地摔向墙角
我需要一百八十迈的速度
和跃起又撞回来的沙袋

但是往往 它们 仍然不管用
仍然堵不住
我嗓子里的呜咽和眼中的洪水

敬之

站在候机楼的窗边　看着机场巨大的机群
我不禁想　作为乘客被赶进去
喂食给这些巨大的铁鸟

当它们降落
又将乘客吐出
是什么在悄然改变

而我洞察了这变化
当我悄悄地退出机场
我成了这个世界上惟一一个被漏掉的人

小悊

列车穿过北方的风雪　又扎进江南烟雨中
置换　不同的场域间　一条长蛇
是铁轨这条拉链的拉环

它永远年轻
但它目睹了北部那座城市如何变得衰老
而南部那座城市如何从脊背上生出新城

列车穿过清晨的霜露
又扎进夜幕的雾霭
奔波　已耗光年轻人的电力

随着它日复一日地卸下希望的漩涡
那些挣扎在轮子与金钱中的　普通人
再也不能重来

正如他们站在客车上
愣愣地怅望窗外飞闪而过的风景
辽阔而模糊

载芟

献歌　颂词

皇帝手中的权杖或印章

只是人们戏耍于你的一场闹剧

只是各种关系都愿意

朝着这种荒谬挺近

金子　暴乱

演员喜欢掐头去尾

不然入戏太深

残忍的部分　演不下去

良耜

摩托车闯进古装剧的拍摄现场
所有演员都误以为这是剧情的一部分
导演没有喊停

于是摩托车车手被一群唐朝人顶礼膜拜
草原上　一只黄鼠狼钻出洞穴
它看到掠过的战斗机高过苍鹰

试问签发通行证者谁
在这被无形的绳索所缠绕的世界中
时间是个不买票的看客

丝衣

风刮了三天依然不停歇
我打开门
放一阵进屋

它欢呼着扑到我的身上
夺走我十分之一的热气
然后悄悄地隐藏在茶桌下面

算了 只要它不半夜跳出来惊醒我的美梦
我就接纳它为这
居室中的一员

那天某职能部门让我登记家庭情况
我依次写下了
人 猫 狗 三盆花草和一阵风

那天精神病院的车来拉我的时候
这阵风没站出来
阻止或作证

酌

妻子躲进厕所偷偷地翻看我的手机
我能听见
她紧咬的牙齿发出咯咯的声响

她查完短信记录
查看微信记录
之后是电话记录和转账记录

她担心失去我
年龄越大越容易怀疑
而我假装酣睡

等她悄悄溜回来
悄悄地把我的手机放回床头
慢慢地钻回被窝

桓

不要急于奔跑

过早耗尽身体中的汽油

生活的大道不总是那么笔直和平坦

幸好沿途的风景不错

最耗不起的是身心

陷在对终点无望的沼泽

羡慕有翅膀的东西

却忽略了心的翅膀

多么不值

还是做一个善于在绿色的森林中迷失的流浪者

当然是故意迷失

像一颗四处乱撞的彗星　总会突然捕捉到地球的引力

对啊　我的目标就是撞见你　撞向你

拖着长尾巴

一遍遍地在夜空巡游

赘

流窜的风路过我的房子
被房檐顺势撕下一块肉
它呜呜地鸣叫着跑远了

而这块肉就一直在我的房檐上挂着
晃来晃去　经过一个冬天
它坚硬到足以媲美湖南腊肉

我将它取下
供在桌案上
每当想发言的时候就拜一拜

感受一下风的
疼痛和狼狈
然后　继续忍气吞声起来

425

般

文字在白纸上留下足迹
像雕刻机旋转的刀头
空白之地总是令文字垂涎

纸页的白被遮蔽
毁灭空白
是它的终极目的

我万分警惕　自己所讲出的话和写出的诗
在文字面前我是弱小的
我无法指挥大量的文字去掩埋任何人

文字犯　强奸犯
文字变成人的罪证
人变成罪证的脚本

玉有瑕　月有缺
爱有憾
人间有审判

鲁颂·駉之什

在最低的地方　跪下　头伏进泥土

在最高的地方　立住

变成一块仰望的石头

驷

是想喊出几声　痛骂几句
是想带着颜色　掩藏住伤疤
是想靠近你心　你耳

是想飙出音乐　甚至交响
是想堂堂正正　说出真话
是想和风细雨　电闪雷鸣

是想染黑白纸　触目惊心
是想　穷尽终极
摆脱沉默

有骶

把石头聚在一起
就能诞生沟通上苍的力量吗
我想接下来我大可一试

幸运是怎样自天降临
爱情是怎样在冥冥中酝酿
命运的圣旨由谁书写

在最低的地方　跪下　头伏进泥土
在最高的地方　立住
变成一块仰望的石头

泮水

她在扇自己嘴巴

一下
十下
百下

一下比一下重
一下比一下
溅出的血更多

一开始还有号啕
后来干脆呜咽着
一边扇自己一边跺脚

手掌的肉与绽开的腮帮子
已经模糊为一体
却丝毫没有要停的意思

她是我见过的对自己最狠的女人
而当我想到把鲜花画到纸上

而不是枯枝

当我想到把英雄写到诗中
而不是平民
当我为美好的生活唱诵　而不是苦难

当我望向明亮的天空
和那个灰暗的妇女
哎呀　我终于获得了耻辱

閟宫

在所有阔达的广场中间
必然矗立一尊雕像
而我更关注都有谁来这里朝拜

清晨 一只巨鸟衔着太阳降临泰山
荣耀君王归来
却发现人世没了自己的投影

谁是永恒的缔造者
谁将自愿的文字敲入白纸
谁得到桂冠 谁尚在逃亡

商颂

你们说的天堂或者地狱我全都不去
你们说的孤魂野鬼我也不当
你们说的魂消魄散不入轮回我根本不在乎
只要是你们说的我都不会照办
只要是你们规划的路
我定然不走

那

你是我由衷想要赞美的人
但是赞美你的人
已经够多

我说的不是那种盲从
或有所企图的赞美
也不是言不由衷却委曲求全的赞美

或许对于无知者
赞美太轻易
对于缺乏历史观的赞美又太浅薄

或许对于赞美无底线者　赞美了正面
又去赞美反面
我们也只能可怜他们

而因为厌恶正面
而去赞美反面的人
就更应该警惕

为同情而去赞美

尚不值得赞美

的烂好人　更应该警告

我赞美你

因为你真的值得

赞美

烈祖

你们说的天堂或者地狱我全都不去
你们说的孤魂野鬼我也不当
你们说的魂消魄散不入轮回我根本不在乎

只要是你们说的我都不会照办
只要是你们规划的路
我定然不走

这么说吧
从实体之物过渡到虚体之相
的公式谁能算对

而要将自己交于一个
整日无聊的机器棋手
你确信你能通关

也许你会问我我想咋干
看　这才是
真正的问题

我就自己干出一条通往自己的通道

我不引导 哄骗任何人

也不强拉任何人陪伴

玄鸟

风暴在大地堆积

有人说风暴站起来是为了看见大海

我更相信风暴站起来是为了让大海看见

知识在身体堆积

全部的知识都想告诉我到哪去

但我喊 去他的 我宁愿坚守原点

死亡在爱里堆积

那是爱的大势所趋

但幸好 身体里的颜色依然炽烈

疯狂的我

跑出去过又跑回来

请排好队

到这里来领取自由的权利

请吞下药 到这里来忘却时代的污痕

请取来锤子 敲打这冥顽的岩石

请端起枪支　守护这残缺的土地

请铭记新仇　它是非我的主义

请珍惜兄弟　他将渡给你赴死的勇气

长发

这里有一扇门可以助你飞往
一片更为空阔的地域
但是我在这门口怅望很久

走进还是返回
闪动的光门不会给出决定
而我必须再等等

此时不是填上答案的时候
前方充满未知
令人期待

而这里有熟悉的一切令人难舍
我无法带着所有的温度前往
我等一根发光的手指

殷武

一块石头在茫茫的宇宙中散步
它不会觉察到自己正沿着某个管道
或规划好的路径在散步

看上去那么不紧不慢
一边散步
一边静静地聆听着风

而事实上它移动的速度非常快
每秒钟三百公里 事实上
它即将在三十年后撞上一个叫作地球的行星

它的每一根羽毛都凝固着
连话都不屑于说出 只会沉默地散步
除了风 谁会呢喃着揣测它的心思

我倒是理解沉默的人
大多都有坚定的内核
和庞大的野心

我倒是能理解 生命的沉重

星空的宏阔

它根本是义无反顾

一头扎进虚空

之后再没想过回家

宇宙中都是孤独的事物

而谁试图用引力捕获它

谁必将承受它暴力的拥抱

甚至是一次士为知己者死的粉身碎骨

那个铁疙瘩 长相怪异

皮肤黝黑 它看上去与人无害

是我们眼中的星辰 心中景仰又惧怕的东西

图书在版编目（CIP）数据

一个人的诗经 / 宁延达著 . -- 海口 : 南方出版社，
2025. 6. -- ISBN 978-7-5501-9743-5

Ⅰ . I227

中国国家版本馆 CIP 数据核字第 2025MH2534 号

一个人的诗经
YI GE REN DE SHIJING

宁延达　著

责任编辑： 王　伟　焦　旭

特约编辑： 王美元

出版发行： 南方出版社

社　　址： 海南省海口市和平大道 70 号

邮政编码： 570208

电　　话：（0898）66160822

传　　真：（0898）66160830

印　　刷： 三河市双升印务有限公司

开　　本： 880×1230　1/32

印　　张： 14.5

字　　数： 264 千字

版　　次： 2025 年 6 月第 1 版

印　　次： 2025 年 6 月第 1 次印刷

定　　价： 89.00 元